Für immer Alaska

ANNA WOLTZ

FÜR IMMER ALASKA

Aus dem Niederländischen von Andrea Kluitmann

CARLSEN

Außerdem von Anna Woltz bei CARLSEN erschienen:

Meine wunderbar seltsame Woche mit Tess
Gips oder Wie ich an einem einzigen Tag die Welt reparierte
Hundert Stunden Nacht

Nederlands letterenfonds
dutch foundation for literature

Dieses Buch wurde mit Unterstützung des Nederlands Letterenfonds, Amsterdam, veröffentlicht.

FSC
www.fsc.org
MIX
Papier aus verantwortungsvollen Quellen
FSC® C014496

Originalverlag: Em. Querido's Uitgeverij BV, Amsterdam
Originaltitel: Alaska
Aus dem Niederländischen von Andrea Kluitmann
Lektorat: Katja Maatsch
Umschlaggestaltung und -typografie: formlabor unter Verwendung von Bildern von shutterstock.com / © Marie Maerz / © foxie
Layout und Herstellung: Karen Kollmetz
Satz: Dörlemann Satz, Lemförde
Druck und Bindung: GGP Media GmbH, Pößneck
ISBN: 978-3-551-55378-2
Printed in Germany

Für Fabeltje

Sven

DAS IST DER PLAN für heute: in den ersten fünf Stunden etwas dermaßen Großartiges machen, dass die ganze Schule sofort weiß, wer ich bin. Sie sollen mich kennen, bevor sie von mir hören.

Ich habe keine Ahnung, wie ich das anstellen soll. Natürlich will ich nicht gleich am ersten Tag von der Schule fliegen.

Aber es muss etwas Großes sein.

Wenn ich nichts mache, bin ich innerhalb von einer Woche dieser bedauernswerte Junge aus der 7b. Der Junge, der jeden Tag von seinem Vater zur Schule gebracht und von seiner Mutter wieder abgeholt wird. Der nie allein sein darf. Dieser Typ mit einer Armbanduhr, die alle paar Stunden piept, weil Pillen eingeworfen werden müssen.

Das lasse ich nicht zu.

PARKER

MIT DEM RAD brause ich durch die Straßen, denn heute sind alle Ampeln grün. Als wolle mir die Welt sagen: Sieh nur, so schlimm ist das alles gar nicht.

Ich bin mit siebenundzwanzig anderen Kindern in der 7b und fast alle habe ich schon mal gesehen. Nur ein Junge war am Kennenlerntag im Juni krank. Das mag ich mir gar nicht vorstellen – der kennt noch überhaupt niemanden.

Ich bin froh, dass ich mich nicht daran erinnern kann, wie es war, geboren zu werden. Da liegt man dann, völlig nackt in einer Welt voller fremder Menschen. Voller Gesichter, die man nicht kennt, Hände, die man nicht kennt, Nasenhaare, die man nicht kennt. Vielleicht kreischen Babys darum ja so laut.

Nur noch diese letzte lange Straße und ich bin da. Mein Atem geht schnell, mein schwarzes kurzes Kleid flattert im Wind. Als ich einen Mann mit Hund überhole, schließe ich kurz die Augen. Weniger als eine Sekunde, aber das ist lange genug, um Alaska vor mir zu sehen.

Ich vermisse sie schon seit vier Monaten, tagsüber fühlt es sich fast normal an, dass sie nicht da ist. Ich habe mich an das hundeförmige Loch in unserem Haus gewöhnt. Ich weiß, dass ich die Türen nicht mehr vorsichtig zu schließen brauche, alle Decken mit weißen Hundehaaren sind längst in der Wäsche gewesen.

Aber nachts träume ich von ihr. Manchmal ist sie verletzt und ich renne durch die dunklen Straßen zu einem hell erleuchteten Tierkrankenhaus mit siebenundachtzig Stockwerken. Und manchmal – und das ist noch viel schlimmer – ist sie einfach da. Dann liegt sie neben mir auf dem Sofa und ich streichel die weichen Stoppelhaare um ihre Schnauze herum. Ganz langsam, weil ich weiß, dass wir noch tausend Mal so dasitzen werden.

Und dann wache ich auf und neben mir ist es leer.

Ich schlage die Tipps für Schüler in den Wind, die wir beim Kennenlerntag bekommen haben. Ich habe vor, die Pubertät einfach zu überspringen. Warum sollte ich meinen Rucksack mit Glitzerblümchen aufmotzen? Und wer hat bestimmt, dass Brotdosen jetzt doof sind und Plastiktütchen cool? Im Internet findet man lauter Listen mit Tipps, und dann steht da ganz am Ende plötzlich: Und was immer du auch machst, sei du selbst!

Tja, ich hatte auch nicht vor, so zu tun, als sei ich ein Leopard oder ein Luftballon. Natürlich nicht. Aber du selbst sein? Gilt das auch für Mobber und Lügner und Tierquäler? Für alle, die im Gefängnis sitzen, und alle, die noch nicht geschnappt worden sind?

Und das Allerwichtigste, liebe Verbrecher: Immer schön ihr selbst sein!

Wenn ich jemals irgendwem Tipps geben muss, werde ich sagen: Falls du zufällig ein gigantischer Mistkerl bist. Oder ein Feigling. Dann solltest du besser versuchen, jemand anderes zu sein.

Sven

MEIN VATER hat mich vor dem Schultor abgesetzt. Ich wollte, dass er eine Straße dahinter anhält, aber er hat sich geweigert.

Für September ist es heiß. Ich trage keine Jacke, also können alle das blaue Band um mein Handgelenk sehen. Das Teil soll aussehen wie eine coole Armbanduhr, aber ich fühle mich trotzdem wie ein Tier. Ein entlaufenes Tier, das mit der Telefonnummer seines Herrchens um den Hals umherstreunt.

Während ich das Schulgebäude betrete, denke ich nicht an meine Freunde, die jetzt noch Ferien haben. Auf der anderen Seite des Landes fängt die Schule erst nächste Woche wieder an. Dann sind sie alle in der Achten. Und ich hocke wieder in der Siebten.

Ich gehe rein, als wäre ich normal. Die Fußböden haben ein Schachbrettmuster. Die Schließfächer sind grün und gelb. Neunhundert Schüler zusammen, das ist eine richtige Herde. Eine kreischende Meute mit Taschen, die überall anstoßen, schubsenden Fäusten, Pickeln, die jeden Moment aufplatzen können, Handys, die vibrieren, sobald sie das Schul-WLAN erkennen.

Ich habe keine Angst.

Ich habe nie Angst.

Aber als ich das Treppenhaus sehe, drei Stockwerke steinharte Betonstufen, bleibe ich doch kurz stehen.

Als meine Mutter gegenüber dem Schulleiter von diesen Treppen anfing, hätte ich sie glatt umbringen können. Und als ich vorige Woche eine Mail bekam, mit allen Regeln für meinen Extra-Aufzugschlüssel, habe ich den Rest des Tages sämtliche Türen hinter mir zugeknallt.

Das Schlimmste aber ist, dass ich jetzt, da ich hier stehe – vor dem kahlen Beton, den vielen Stockwerken –, doch froh bin.

Ich bin dreizehn, nicht achtzig. Aber ich bin froh, dass ich einen eigenen Aufzugschlüssel habe.

Eine Klingel schrillt ohrenbetäubend durch das Gebäude. Es klingt, als würde die Welt in Flammen stehen.

Jetzt sieht man erst richtig, wer hier neu ist. Die Siebtklässler schauen erschreckt auf und traben los. Der Rest geht keinen Schritt schneller.

Ich halte den Aufzugschlüssel in der Hand. Aber wo ist der Aufzug?

PARKER

WIR SITZEN MUCKSMÄUSCHENSTILL da und starren den Französischlehrer an, aber ich bin mir sicher, dass es in allen anderen genauso laut hämmert und rauscht wie in mir. Vielleicht wird das Mädchen dort in der ersten Reihe, mit den schwarzen Locken, meine beste Freundin. Vielleicht verliebe ich mich in den Jungen mit den Sommersprossen.

Aus meiner alten Klasse sind alle auf andere Schulen gegangen. Keiner hier kennt mich, keiner weiß, was diesen Sommer geschehen ist. Das ist ein Neuanfang, sage ich zu mir selbst. Vielleicht sind es ja nicht nur die Ampeln, die auf Grün standen. Vielleicht ist die Welt ja doch nicht so schlecht.

»Bienvenue!«, ruft Herr Gomes. Er trägt ein kariertes Hemd mit kurzen Ärmeln. Über seinen Unterarm schlängelt sich ein tätowierter Drache. »J'espère que vous avez tous passé de bonnes vacances.«

Ich traue mich nicht, mich zu rühren. Bin ich die Einzige hier, die nichts kapiert? Hatten wir für heute schon Hausaufgaben? Und dann wird die Tür vom Klassenzimmer aufgerissen.

Ein Junge mit widerspenstigen blonden Haaren und in ausgeblichenen Jeans steht da. Ich weiß es sofort: Das ist er. Der achtundzwanzigste Schüler der 7b – der Junge, der am Kennenlerntag krank war. Ich versuche, mir möglichst schnell alles gleichzeitig zu merken: blaue Augen, normaler Körperbau, graues T-Shirt, Pflaster am Kinn, etwas größer als ich, schmutzige Turnschuhe.

»Alors!«, ruft Herr Gomes. »Vous êtes en retard. Que s'est-il passé?«

»Ähm«, sagt der Junge im Türrahmen. Er sieht den Lehrer fragend an. »Une baguette s'il vous plaît?«

Es fühlt sich an, als wären wir Colaflaschen, die schon seit Stunden geschüttelt werden. Und jetzt dreht der blonde Junge mit einer einzigen Bewegung alle siebenundzwanzig Verschlüsse auf.

Alle gleichzeitig fangen wir an zu lachen. In einem meiner uralten Ferientagebücher steht in krakeliger Kinderschrift geschrieben: Man sagt ÜN BAGETT SIWUPLÄH. Es waren die allerersten französischen Wörter, die ich gelernt habe. Ich war völlig baff, als der dicke französische Bäcker tatsächlich ein Brot für mich aus dem Regal nahm.

Wir hören einfach nicht auf zu lachen und plötzlich sind wir keine einzelnen Kinder mehr, sondern eine Klasse.

»Tut mir leid ...« Der Junge im Türrahmen zuckt die Schultern. »Letztes Jahr hatte ich in Französisch eine Fünf. Ich bin Sven.«

Herr Gomes nimmt einen Zettel von seinem Pult. Seine Augen überfliegen, was dort steht. »Sven Beekman?«

Der Junge nickt.

»Aha«, sagt Herr Gomes. »Ja ...« In seiner Stimme schwingt plötzlich etwas Vorsichtiges mit. »Okay, Sven, setz dich.«

Und dann schaut er uns an und der Ton, als würde er sich mit einem rohen Ei unterhalten, ist plötzlich wieder verschwunden. »Alle mal gut zuhören! Wie kann man denn Französisch lernen, wenn man gerade erst in einer Klasse voller neuer Kinder gelandet ist? Genau. Das geht gar nicht! Also lernen wir uns erst einmal ein wenig kennen.«

Wir müssen alle drei witzige Sachen über uns selbst aufschreiben. Zwei Sachen, die wahr sind. Und eine Lüge.

»Par exemple ...«, sagt Herr Gomes. »Das bedeutet ›zum Beispiel‹. Ich könnte euch Folgendes erzählen: Ich liebe frittierte Heuschrecken, ich wohne in einer Baumhütte und ich war früher Profi-Fußballer.«

Die Jungen ganz hinten fangen sofort an reinzurufen, was nicht stimmen kann, aber er schüttelt den Kopf.

»Ich bin der Einzige, der heute nicht zu sagen braucht, was erfunden ist. Ihr habt ein ganzes Schuljahr Zeit, es herauszufinden. Und jetzt an die Arbeit, macht eure eigene Liste.«

Während um mich herum Kulis klicken und Hefte zum ersten Mal aufgeschlagen werden, schaue ich mir das riesige Schwarz-Weiß-Foto an der Wand an: der Eiffelturm im Regen. In meinem Hirn suche ich nach witzigen Sachen, aber sofort kommen Filme in mir hoch, die ich überhaupt nicht sehen will. Sie sind ganz eindeutig erst ab sechzehn, aber trotzdem sind sie schon seit Wochen in meinem Kopf.

So funktioniert es nämlich. Erfundene Sachen, wie Filme und Games, werden mit kreischenden Siegeln versehen: Achtung, jugendgefährdend, explizite Gewalt- und Sexszenen! Aber wenn etwas in Wirklichkeit passiert, gibt es weit und breit nirgends ein Siegel. Verbrecher halten sich nicht an die Einstufungen der Filmindustrie.

Nach fünf Minuten ziehen sich wilde, schwarze Kritzellinien über die erste Seite von meinem Heft, aber es stehen auch drei Sätze dort. Wenn man an der Reihe ist, muss man als Erstes seinen Namen sagen und dann das, was man aufgeschrieben hat. Manche Kinder haben sich Sachen ausgedacht, von denen ich denke: Wow. Wenn das wirklich das Verrückteste ist, was dir einfällt, hast du aber wirklich ein schönes Leben.

Meine Lieblingsfarbe ist Blau.

Ich spiele Hockey.

Diesen Sommer war ich in Spanien.

Und dann bin ich an der Reihe. Ich holte tief Luft. »Ich heiße Parker.«

Das ist seit heute Morgen, als ich mit meinen kleinen Brüdern am Frühstückstisch saß, das Erste, was ich sage.

»Ich heiße so, weil ich in einem Park geboren wurde. Vor zwei Jahren haben wir die Asche meiner toten Oma im Phantasialand ausgestreut. Und ich kann Jingle Bells bellen.«

Es dauert ein paar Sekunden, bevor jemand etwas sagt. Doch dann explodieren die Colaflaschen wieder. Alle rufen plötzlich durcheinander. Dass Parker überhaupt kein Mädchenname ist. Dass man im Vergnügungspark gar keine Asche ausstreuen darf. Ob wir die Urne im Märchenwald oder in einer Achterbahn ausgekippt haben.

»Du kannst Jingle Bells bellen?«, übertönt Sven sie alle. Er sieht mich an. Seine Augen sind so blau wie die eines sibirischen Huskys.

Ich nicke.

»Dann machs!«, ruft er. Er war noch nicht dran, also weiß ich nichts über ihn. Nichts, was wahr ist. Nichts, was gelogen ist.

Ich schaue in mein Heft und denke an Alaska.

Letztes Jahr an Weihnachten, als sie noch ein Welpe war, haben wir uns den YouTube-Film mit den Hunden, die zusammen Jingle Bells singen, bestimmt hundert Mal angeschaut. Beim ersten Mal saß sie reglos auf meinem Schoß. Ihre Krallen in meinem Oberschenkel, ihr Welpenmäulchen schief, die Augen kugelrund. Völlig erstaunt, dass es so etwas gab: singende Artgenossen. Beim sechzehnten Mal bellten wir mit dem Hundechor zusammen. Und nach fünfzig Mal stand Alaska auf ihren molligen Welpenpfötchen da und bellte den stillen Computer an, weil sie fand, es sei mal wieder Zeit für ein Konzert.

»Du traust dich nicht!«, ruft Sven.

Ohne zu blinzeln, schaue ich zurück. Es gibt tausend Sachen, die ich mich nicht traue. Aber das hier traue ich mich schon. Ich recke das Kinn in die Höhe, weil Alaska und ich es auch immer so gemacht haben. Und dann fange ich an.

Sven

IM ERNST. In dieser Stadt sind die Leute noch bescheuerter, als ich dachte. In der allerersten Schulstunde fängt ein Mädchen doch tatsächlich an zu bellen.

Sie heißt Parker Montijn. Sie ist mager und blass, als käme sie gerade von einer Nordpol-Expedition zurück. Als einziges Mädchen trägt sie schwarze Klamotten und als einziges Mädchen lacht sie nicht.

Sie legt den Kopf in den Nacken und bellt so echt, dass man den Tierschutzverein anrufen will. Es klingt, als hätte sie gerade einen Hund verschluckt. Einen lebendigen.

Aber nach der Hälfte vom Lied hört sie auf.

Sie schaut sich um und ihre Wangen werden feuerrot. Mann, ich dachte, sie würde es absichtlich machen. Dass das hier eben ihr Gag war. Aber sie merkt jetzt erst, dass sie sich zum Gespött gemacht hat und sich die anderen vor Lachen kaum noch halten können.

»Und jetzt bitte O Tannenbaum!«, ruft Benjamin.

»Oder Rudolph the Red Nosed Reindeer«, brüllt Sol. »Das geht bestimmt auch supergut als Hund.«

Es ist hoffnungslos.

Von heute an, bis zu ihrem Tod, ist Parker Montijn das Mädchen, das beim Frühstück einen Hund unter ihre Cornflakes gemischt hat und in der ersten Stunde anfing zu bellen.

In der Pause fragen Sol und Benjamin, ob ich mit Fußball spiele, aber ich schüttele den Kopf und sage, ich sei Wettkampfschwimmer und würde niemals im Pulk hinter einem Ball herrennen. Die Wahrheit ist, dass ich einfach kaputt bin, obwohl es erst zwölf Uhr mittags ist.

Scheißmedikamente.

Langsam gehe ich durch die Pausenhalle und kaue mein Dinkelbrot mit Avocado.

Seit wir umgezogen sind, arbeitet meine Mutter nicht mehr. Es gibt jetzt nur noch zwei Dinge für sie: sich Sorgen um mich machen und Brot backen. Sauerteig mit Leinsamen. Dattelbrot mit Gojibeeren und Chiasamen.

Aber egal, welches Superfood sie backt, ich bleibe trotzdem ein Freak.

Mitten in der großen Halle steht Parker, das Hundemädchen.

Ganz allein.

Schwarzes Kleid, weiße Beine. Sie passt zu den Schachbrettfliesen. Aufmerksam sieht sie sich jedes Fenster und jede Tür an und zählt dabei etwas an den Fingern ab.

Während ich an ihr vorbeigehe, summe ich leise Jingle Bells. Aber ich höre auf, als ich ihr Gesicht sehe.

»Findest du das witzig?«, fragt sie scharf.

Sie sieht mich direkt an. Ihre Augen sind hellgrau mit einem dunklen Rand. »Es ist deine Schuld, dass ich angefangen habe zu singen!«

»Sagt man das hier so?«, frage ich. »Ein Frosch quakt, ein Schaf blökt und ein Hund singt?«

»Du hast mich doch herausgefordert!«

Ich schiebe die Hände in meine Hosentaschen.

»Als ich neun war«, sage ich, »bin ich mal mitten im Winter in einen Kanal gesprungen. Meine Mutter hat mich später gefragt, warum ich das gemacht hätte, und ich habe gesagt, ich sei herausgefordert worden. Das fand sie einen extrem dämlichen Grund, fast zu ertrinken.«

»Das ist es auch«, sagt Parker.

Ihr Blick wandert durch die Halle mit dem Schachbrettmuster.

»Ich muss weiter«, sagt sie kurz angebunden.

Sie sieht mich nicht mehr an und geht weg.

Weiter hinten, in einem leeren Gang, balle ich die Fäuste. Jetzt ist meine Chance.

Alle sind draußen in der Sonne, nur ich bin hier. Es ist an der Zeit für meine brillante Aktion, damit die ganze Schule weiß, wer ich bin.

Soll ich den Feueralarm auslösen? Die Polizei wegen eines verdächtigen Päckchens anrufen? Aufs Dach klettern?

Aber dann bleibe ich einfach bloß stehen.

Ich dachte wirklich, dass ich nichts anderes im Kopf hatte, als mir etwas Großartiges zu überlegen. Aber plötzlich merke ich, wie still es hier ist. Wie leer die Gänge sind. Dass ich ganz allein bin.

Ich kann mich kaum noch daran erinnern, wann ich zum letzten Mal ohne einen anderen Menschen irgendwo war. Oder ohne Kamera, ohne Alarmknopf, ohne Hund.

Ich müsste total froh sein – endlich frei! Endlich dieser wahnsinnig nervigen Besorgtheit entkommen. All den Regeln, die es unmöglich machen, zu leben.

Aber ich bin nicht froh.

Ich spüre kalte Funken in meinem Nacken und wer weiß, was in diesem Moment in meinem Kopf passiert. Brillante Einfälle sind mir im Moment piepschnurzegal – ich will nur noch eins.

Zurück zur Herde. Nicht mehr allein sein.

PARKER

IN DER SECHSTEN STUNDE haben wir Tutorenstunde.

Alle Fenster des Klassenzimmers stehen offen. Hoch über unseren Köpfen fliegt eine Wespe und draußen auf dem Schulhof schreien die herum, die schon freihaben.

Sven Beekman kommt wieder als Allerletzter rein. Ich habe keine Ahnung, warum dieser Typ jede Stunde zu spät kommen muss. Benjamin hat ihm einen Platz frei gehalten und Ziva, das Mädchen mit den dunklen Locken, lacht ihn an.

Ich tue, als würde es ihn nicht geben.

Während alle noch ihre Hefte und Stifte rauskramen, checke ich schnell mein Handy. Ich habe meiner Mutter schon vier Nachrichten geschickt, und jedes Mal reagiert sie innerhalb von fünf Minuten, genau wie wir es vereinbart haben. Heimlich streiche ich mit dem Finger über den Startbildschirm. Noch immer ein Foto von Alaska.

Unser Tutor heißt Herr Hoppenbrouwers und selbst wenn man das Skelett im Biologieraum mitzählt, ist er wahrscheinlich der Älteste in der ganzen Schule.

Vor 100 Jahren war er selbst hier Schüler und er erzählt uns sofort, dass es im Keller unter der Mediathek spukt. Ein paar der anderen kichern und schütteln sich übertrieben, aber ich halte den Blick fest auf die Landkarte an der Wand gerichtet.

»Und jetzt«, sagt Herr Hoppenbrouwers, »werde ich die

Schulregeln mit euch durchsprechen. Vor allem über die Verwendung der sogenannten tragbaren Telefone besteht recht viel ...«

Er hält inne.

In der totenstillen Klasse lacht jemand. Nicht auf normale Weise, sondern tief und monoton. Es klingt bedrohlich. Wie ein Gespensterlachen auf einer Platte, die hängen geblieben ist.

»HA-HA-HA-HA-HA ...«

Ich spüre Gänsehaut auf meinen Armen und drehe mich um. Gleichzeitig mit dem Rest der Klasse.

Das Geräusch kommt aus Svens Mund. Aus seinem Körper – aber er sieht nicht mehr aus wie er selbst. Seine Augen sind verdreht und er macht schmatzende Bewegungen mit dem Mund.

»Was hat er?«, ruft Ziva.

»Hey, Mann ...« Benjamin rüttelt an Svens Arm, aber er reagiert nicht.

Sein Mund öffnet und schließt sich. Seine Augen starren.

Aus seinem Hals kommt das gespenstische Geräusch.

»Ich rufe den Notarzt an!« Sol greift nach seinem Handy.

»Das ist nicht nötig«, sagt Hoppenbrouwers ganz ruhig. »Sol, pack das Telefon weg. In ein paar Sekunden hört Sven uns wieder.«

Alle Mädchen haben sich die Hand vor den Mund geschlagen und Sol hält sein Handy noch immer in der Hand, das Display leuchtet, die Notrufnummer ist schon eingetippt.

Ich tue nichts. Durch meinen Kopf zucken Filme, die ich nicht sehen will. Die sofort zurückkommen, wenn etwas Unheimliches geschieht.

Und dann hört das hohle Lachen plötzlich auf. Sven blinzelt ein paarmal, nimmt seinen Stift und beugt sich über sein Heft, als sei nichts geschehen. Als hätte er nicht die leiseste Ahnung davon, dass gerade ein Gespenst in ihn gefahren war.

Atemlos starren wir ihn an. Sein Stift schwebt über dem Papier, bereit, eine Aufgabe zu erledigen. Aber wir hatten gar keine Aufgabe.

Nach ein paar Sekunden schaut er auf. Und dann sieht er unsere Blicke.

Sven

ES FÜHLT SICH AN, als würde ich aus dem Wasser auftauchen.

Es ist passiert. Das kann gar nicht anders sein.

Ich lege meinen Stift hin und wische mir ein wenig Spucke vom Kinn. Alle starren mich an.

Das wars also. Ab jetzt bin ich dieser Junge aus der 7b, der einem nur leidtun kann.

»Du warst kurz weg«, sagt Herr Hoppenbrouwers mit seiner tiefen Stimme. »Eine halbe Minute vielleicht, nicht länger. Du hast ein wenig geschmatzt und gelacht.«

Ich starre auf den Stuhl vor mir. In Gedanken brülle ich alle Schimpfwörter, die ich kenne.

Diesen Sommer ist Herr Hoppenbrouwers zweimal bei uns zu Hause gewesen. Das zweite Mal, als wir im Garten saßen, war ich auch kurz weg von der Welt. Er hat sich also gemerkt, was meine Mutter danach gemacht hat: mir erzählen, wie lange es gedauert hat und was genau ich gemacht habe.

»Gehts wieder?«, fragt Herr Hoppenbrouwers. »Möchtest du was trinken oder …«

Ich schüttele den Kopf.

Nach einem Anfall ist die Welt ein wenig flüssig. Es dauert eine Weile, bis die Linien wieder fest werden. Bevor mein Gehirn sich wieder daran erinnert, wie man alles einordnet: Geräusche zu Geräuschen, Farben zu Farben. Wörter zu Wörtern.

Ich räuspere mich.

»Ich fühle mich großartig«, sage ich zu laut. »Aber ich glaube, Ziva und Elin könnten einen Schluck Wasser gebrauchen.«

Ich war weg von der Welt, aber sie haben gesehen, wie es passierte.

Sie waren die ganze Zeit dabei. Und jetzt, am allerersten Tag, wissen sie schon mehr über mich als ich selbst.

Während die blassen Mädchen Wasser trinken und sich gegenseitig den Rücken reiben, beiße ich die Zähne zusammen. Ich könnte die ganze Schule zusammenschlagen.

Oder eigentlich lieber nicht. Ich bin kaputt. Ich will mich nur ins Bett legen.

Herr Hoppenbrouwers sieht mich an. »Erklärst du es selbst?«

Ich nicke. Wenn ich jetzt bemitleidenswert rüberkomme, bin ich den Rest des Jahres der Behinderte. Ich schaue zu einer Wespe, die zu dumm ist, um aus einem offenen Fenster zu fliegen. Immer wieder knallt sie gegen das Glas.

Und dann erzähle ich es. Dass ich Epilepsie habe.

Ich hasse dieses Wort. Wenn es einen Sport gäbe, der Epilepsie hieße, würde ich ihn mir nie im Leben aussuchen.

Aber das hier sucht man sich nicht aus.

Vor einem Jahr fing es an. Einfach so, aus heiterem Himmel.

In meinem Kopf war ein Kurzschluss entstanden. Meine Hirnzellen feuerten zu viele Signale auf einmal ab. Wenn man wie ein Wilder auf der Tastatur eines Computers rumhämmert, blockiert er. Tja, und jedes Mal, wenn mein Gehirn zu viele Funken abfeuert, blockiere ich.

»Wenn ich einen Anfall habe«, sage ich, ohne jemanden anzusehen, »bin ich weg von der Welt. Ich kann mir den Arm brechen oder in einen offenen Kamin fallen, ohne es zu merken. Erst wenn es vorbei ist, spüre ich, dass ich mir was getan habe. Eben gerade habe ich gemerkt, dass ihr mich alle anstarrt ... Ja, und dann weiß ich, dass es passiert ist.«

Sie starren noch immer, aber ich will es nicht sehen. Ich kenne diesen Gesichtsausdruck. Wenn ihre Eltern nachher fragen: »Und, wie war der erste Tag?«, dann erzählen sie nichts von Französisch oder Mathe, sondern von mir. Nur dass sie eigentlich gar nicht von mir erzählen, sondern von meinem gestörten Gehirn.

»Das gerade war ein kleiner Anfall. Aber manchmal habe ich auch einen großen und dann brennen alle Sicherungen durch. Ich merke nicht, dass es passieren wird, also falle ich einfach auf den Boden. Und dann fängt mein ganzer Körper an zu zucken. Meist geht es von selbst wieder vorbei, aber wenn ich nach fünf Minuten noch immer nicht aufgehört habe und mein Gesicht blau wird, ist es eine gute Idee, einen Krankenwagen zu rufen.«

Während ich rede, kann ich nur an eines denken: ICH WILL DAS HIER NICHT.

Ich habe mir Epilepsie nicht ausgesucht. Und trotzdem lag ich im vergangenen Jahr siebzehn Mal in einem Krankenwagen. Ich musste mit dem Schwimmen aufhören und ich darf nicht mehr Rad fahren. In unserem neuen Haus schlafe ich unten und ich habe sogar ein eigenes Badezimmer, damit ich nie mehr eine Treppe raufzugehen brauche.

Ich hasse unser neues Haus.

»Alle Lehrer«, sagt Herr Hoppenbrouwers, »wissen von Svens Krankheit und sie wissen, wann sie einen Krankenwagen rufen müssen. Sven hat zusammen mit seinen Eltern einen Brief für euch verfasst. Mit zusätzlichen Informationen.«

Er nimmt einen Stapel Kopien von seinem Pult und teilt sie aus.

Das ist wirklich das ödeste Referat ever. Wenn ich dieses Jahr genauso viele Anfälle habe wie letztes, bleibe ich bestimmt wieder sitzen. Bald bin ich sechzig und immer noch in der Siebten und setze meine Französischarbeiten weiterhin in den Sand.

»Es ist nicht ansteckend«, sage ich laut. »Und wenn ich keinen Anfall habe, bin ich ganz normal. Völlig normal.«

Ich sehe ihren Gesichtern an, dass sie es nicht glauben.

Mann, ich glaube es ja nicht mal selbst.

Vielleicht liege ich in zwei Sekunden zuckend auf dem Fußboden. Wo immer ich hingehe, was immer ich mache, ständig ist da diese Stimme in meinem Kopf: Es kann jeden Moment passieren. Und wenn nicht in dieser Sekunde, dann in der nächsten. Oder in der übernächsten.

PARKER

EIN POLIZIST hat mir mal gesagt: Aufpassen kann man lernen. Aber er hat auch gesagt: Wenn du erst damit anfängst, nachdem etwas passiert ist, ist es zu spät.

Am Ende des ersten Tages kenne ich daher alle Vor- und Nachnamen von allen Schülern aus der 7b auswendig. Ich kann siebenundzwanzig Personenbeschreibungen geben und ich weiß, wo die Feuerwehrschläuche hängen und wo sich die Notausgänge befinden.

In den Gängen auf dem Weg nach draußen versuche ich, mich so klein wie möglich zu machen. Die Mädchen um mich herum reden immer noch über Sven Beekman. Sie hatten ihn sowieso schon witzig und cool gefunden, aber jetzt war er auch noch ein armer Kerl. Wie so ein Actionheld im Film, der plötzlich erzählt, früher in einem Waisenhaus gelebt zu haben. Dass er sich jede Nacht einsam in den Schlaf geweint hat – und den man dann besonders toll findet, selbst wenn er massenweise Leute umbringt.

Tja, so funktioniert das bei mir echt nicht.

Während ich durch die große Pausenhalle gehe, halte ich mein Telefon gut fest. Um mich herum lärmen lauter Riesen, aber wenn mein Handy anfängt zu vibrieren, spüre ich es sofort. Ich schaue durchs Fenster nach draußen – und dann bleibe ich so plötzlich stehen, dass ich eine Massenkarambolage verursache.

Aber ich merke es kaum.

Mein Kopf ist erfüllt von einem unbändigen, freudigen Jaulen. So wie Hunde jaulen, wenn sie einen die ganze Woche nicht gesehen haben. Ich kann es fast nicht glauben und trotzdem bin ich mir ganz sicher: Dort draußen in der Sonne, auf den grauen Pflastersteinen neben den Fahrradständern, sitzt Alaska.

Vier Monate habe ich sie nicht gesehen, aber ich kenne noch jedes Härchen an ihrem Körper. Jede Falte in ihrem weißblonden Fell. Neben einer unbekannten Frau sitzt sie da auf dem Schulhof und wartet. Sie trägt kein normales Halsband, wie sie es bei uns hatte, sondern eine Art Gurt und eine neongelbe Decke auf dem Rücken. Sie beobachtet alle und ich will nichts lieber als nach draußen stürmen und sie für immer umarmen.

Aber dann winkt die unbekannte Frau jemandem zu, der aus der Schule tritt. Alaska wedelt aufgeregt mit ihrem fluffigen Schwanz. Ihre dunklen Augen glänzen, ihr schwarzes Maul lacht.

Ich recke den Hals. Und dann sehe ich, auf wen sie sich so freut.

Er würdigt sie keines Blickes, gibt nur seiner Mutter den Rucksack und greift nach Alaskas Leine, ohne auf ihren wedelnden Schwanz zu achten. Sie drückt die Nase gegen seine Hand, aber er geht einfach los, ohne etwas zu ihr zu sagen.

Ich stehe dort hinter dem Fenster und denke: So fühlt es sich also an. Kurzschluss im Kopf.

Schon seit vier Monaten versuche ich herauszufinden,

wo Alaska ist. Zu wem sie jetzt gehört. In meinen Gedanken rannte sie durch Wälder voller Sonnenflecken und sprang in stinkende, modrige Gräben. Aber ich wusste nie, wer sie danach badete. Auf wessen Bein sie ihren Kopf legte, wenn sie spielen wollte. Jetzt weiß ich es.

Alaska ist der Hund von Sven.

Sven

ICH KANN NICHT GLAUBEN, dass meine Mutter das Tier mitgebracht hat. Gleich am allerersten Tag.

Natürlich glotzen alle auf die gelbe Decke auf dem Hunderücken. An der Seite steht in riesigen Buchstaben ASSISTENZHUND, NICHT STREICHELN – und wie immer wollen alle sofort nur noch eines: das haarige Monster streicheln. Ohne etwas zu der Meute um mich herum zu sagen und ohne meine Mutter anzuschauen, zerre ich an der Leine.

In meiner Klasse habe ich nach diesem Anfall sowieso schon verloren. Und jetzt sieht mich auch der Rest der Schule mit einem Assistenzhund. Bei Leuten im Rollstuhl oder bei Blinden kann man noch denken: Ach, wie gut. Aber bei mir denken alle nur: Hä? Ein Assistenzhund? Was fehlt ihm denn? Man sieht ihm ja gar nichts an! Wieso denn?

Früher wäre ich nie auf die Idee gekommen, fremden Leuten auf der Straße ein blaues Auge zu schlagen. Aber jetzt will ich das fast jeden Tag.

Der Gehweg, die Autos, die Häuser – alles ist glühend heiß von der Sonne. Ich spüre Schweiß auf meiner Stirn und tue so, als würde ich die hunderttausend Fragen meiner Mutter nicht hören.

Ich kapiere das nicht. Jeder Hund muss einen Extrakurs machen, aber Eltern brauchen nichts zu lernen.

Oben an dem Gurt ist ein blaues Viereck mit einem großen weißen L darauf. Das bedeutet, dass das Tier noch in der Ausbildung ist. So ein L müsste man meiner Mutter auch um den Hals hängen. Und wenns nach mir ginge, bliebe es für immer da.

Ich stürme an den Häusern und an geparkten Fahrrädern vorbei und an einer Imbissstube, vor der lauter Leute Eis essen. Aber als ich eine Seitenstraße überqueren möchte, kann ich plötzlich nicht weiter.

Das Tier sitzt.

Ich fluche.

Sie sitzt auf ihrem Hintern und rührt sich nicht von der Stelle. Die Leine ist straff gespannt und ich ziehe, aber sie rührt sich nicht vom Fleck. Ihre dunklen Augen schauen mich schuldbewusst an. Als würde sie ja gern mitkommen, obwohl sie weiß, dass sie es nicht darf.

»Mann, nun mach schon!«, rufe ich. »Jetzt stell dich mal nicht quer!«

Und dann spüre ich die Hand meiner Mutter um mein Handgelenk. Sie zieht mich zurück, damit die Leine nicht mehr so straff ist, und holt ein Hundeleckerli aus ihrer Tasche.

»Braver Hund«, sagt sie leise zu dem Tier, »gut gemacht!«

An ihrer Hand spüre ich, wie wütend sie ist. An ihrer Stimme höre ich nichts.

»Ich kann sehr gut verstehen«, sagt sie genauso leise zu mir, »dass du dir deinen ersten Tag an der neuen Schule anders vorgestellt hast. Aber was immer auch geschehen ist, Alaska kann nichts dafür. Sie ist für dich da. Wahrscheinlich wird sie dir noch ein paar Mal das Leben retten.«

Sie lässt mein Handgelenk los.

»Mich darfst du anschreien, sooft du nur willst. Aber Alaska nicht. Und wenn du ihre Ausbildung nicht ernst nimmst, rufe ich Yvonne an und sage ihr, dass es doch nicht klappt. Dass sie nach einem Kind suchen kann, das sich mehr Mühe mit Alaska gibt.«

Ich weiß das alles. Und wirklich, diesen Hund anzuschreien fühlt sich noch viel schlimmer an, als meine Mutter anzuschreien.

Aber meine Mutter war immer schon da. Doch dieses Tier ist erst hier, seit ich krank bin. Ich schaue mir den Hund an und es ist, als wäre nicht nur ihre Decke, sondern ihr gesamtes weißes Fell vollgekritzelt.

DU HAST EPILEPSIE. DU BIST NICHT NORMAL. OHNE MICH STIRBST DU.

Ich stelle mich an ihre rechte Seite. Seufze tief. Sehe sie an.

»Alaska, lauf!«, sage ich in so einem grässlichen Kindergärtnerinnenton.

Und ja, klar, der Hundehintern löst sich endlich vom Gehweg. Erleichtert trabt sie mit mir über die Straße.

So soll es sein. So hat Yvonne es uns beigebracht und so müssen wir es jeden Tag üben. Vor jedem Straßenrand sage ich »Alaska, sitz« und sie setzt sich hin. Und danach sage ich »Alaska, lauf« und gemeinsam überqueren wir die Straße.

Ohne Kommando weigert sie sich. Denn in ihrem Hundeuniversum gibt es keine Herrchen, die vor Wut kochen. In ihrem Universum gibt es nur Herrchen, die einen Anfall bekommen können. Und dann ist es ganz einfach.

Mit Kommando über die Straße gehen: leben.

Ohne Kommando über die Straße: tot.

Und sie hat auch noch recht. Das ist das Schlimmste. Als ich sie noch nicht hatte, bin ich einmal während eines Anfalls einfach so auf die Straße geknallt und wurde angefahren. Nicht tot.

Aber eben fast.

PARKER

ICH WEISS JETZT GENAU, was geschehen muss. Ich werde Alaska entführen.

Meine Füße treten so fest sie können in die Pedale und die Sonne brennt mir auf den Kopf. Eigentlich müsste ich Angst haben, weil meine Mutter im Geschäft steht und der Ladenschluss immer näher rückt. Heute hat mein Schattenvater zum ersten Mal wieder meine kleinen Brüder von der Schule abgeholt und überall auf der Straße sind Menschen, die sie selbst sein wollen.

Aber ich habe keine Angst; ich bin wütend. In den vergangenen vier Monaten konnte ich, wenn ich Alaska vermisste, immerhin noch denken: Sie ist jetzt ein Assistenzhund. Sie hilft einem behinderten Kind. Das fühlte sich ein bisschen so an, als wenn man einem obdachlosen Kind sein Lieblingskuscheltier geschenkt hätte. Oder sein Taschengeld für Menschen gespendet hätte, die gerade einen Orkan überlebt haben.

Aber jetzt weiß ich, wo sie gelandet ist. Nie im Leben würde ich Sven Beekman auch nur einen einzigen Cent oder mein allerblödestes Kuscheltier geben. Und trotzdem hat er Alaska. Er hat sie nicht einmal gestreichelt, als sie schwanzwedelnd dastand und auf ihn wartete. Er verdient sie überhaupt nicht.

Ich fahre so schnell, dass die Welt vor meinen Augen verschwimmt. Menschen fliegen vorbei und ich merke mir keine einzige Personenbeschreibung. Wenn jetzt etwas passiert, bin ich ein völlig unnützer Augenzeuge, so viel steht fest.

Heute Nacht schleiche ich mich zu Svens Haus, keinen Tag länger darf Alaska da bleiben. Wie schrecklich muss es sein, bei jemandem zu wohnen, der plötzlich die Augen verdreht und supergruselig anfängt zu lachen. Oder auf dem Boden liegt und zuckt, bis er so blau anläuft, dass ein Krankenwagen kommen muss.

Vor allem, wenn man kein Mensch ist, sondern ein Hund. Dann versteht man nicht, warum man plötzlich eine komische gelbe Decke tragen muss. Und ein Stapel Kopien über Epilepsie hilft einem auch nicht weiter.

Selbst durch die geschlossene Haustür höre ich meine Brüder kreischen. Ich werfe meine Schultasche in den Flur und renne ins Wohnzimmer.

Mein Vater sitzt schweigend am Computer. Auf dem Tisch ist eine Limonadenpfütze, in der eine Handvoll aufgequollener Cornflakes schwimmt, und der Fußboden sieht aus, als wäre gerade eine Heuschreckenplage darüber hergefallen. Meine Brüder sind erst seit einer halben Stunde zu Hause.

»Parker!«, ruft Dex.

»Wo warst du denn so lange?«, schreit Finn.

»Soldaten, marsch!«, ruft Joey.

Dex ist neun, Finn ist sieben, Joey ist sechs. Meine Eltern sagen, dass wir Absicht waren. Dass sie absichtlich vier Kinder bekommen haben – und ich glaube es ihnen sogar. Natürlich hatten sie drei Mal ADHS nicht geplant. Aber nun ja. Da war noch mehr nicht geplant.

Ich gehe zu meinem Vater und lege ihm die Arme um den Hals.

Er räuspert sich. »Wie wars in der Schule?« Seine Augen sind noch immer auf den Bildschirm geheftet, aber seine Hand kneift kurz in meinen Arm.

»Ja«, sage ich. »Okay.«

Ich erzähle ihm nichts von Jingle Bells. Nichts von Svens Gespenster-Anfall. Und auch nichts von Alaska.

»Habt ihr schon Hausaufgaben?«, frage ich meine Brüder, während ich die ertrunkenen Cornflakes wegwische.

»Nein!«, schreien sie. »Natürlich nicht, es war doch der erste Schultag!«

Sie nehmen ihre Super Soaker und marschieren um den Tisch herum, komplett mit Soldatengebrüll. Ich sehe, wie sich das Gesicht meines Vaters verzieht, und am liebsten würde ich ihnen die grässlichen Wasserpistolen aus den Händen schlagen und hinten im Garten verbrennen. Aber alle anderen Jungen in der Straße haben sie auch. Und meine Brüder sind neun und sieben und sechs. Sie können nichts dafür, dass die Altersempfehlungen nicht stimmen.

Mein Vater ist neununddreißig. Der Altersempfehlung zufolge müsste er mit jedem Film der Welt fertigwerden. Aber das ist nicht so.

»Soldaten«, übertöne ich die drei. »Wir ziehen ins Feld, um Proviant zu holen!«

Dex, Finn und Joey fangen an zu strahlen. Als ich plötzlich keinen Hund mehr hatte, habe ich kurz versucht, meinen Brüdern das Apportieren und anständig an der Leine gehen beizubringen. Das war eine Katastrophe, bis ich herausfand, dass sie keine Hunde sein wollten, sondern Soldaten.

Unsere Straße riecht nach frisch gesprengtem Rasen und warmem Asphalt. Dex geht an der Spitze, Finn in der Mitte, Joey kommt als Letzter. Ihre braunen Haare sind immer zerzaust, an ihrem Kinn kleben Cornflakes und ihre Sachen sind nie länger als zehn Minuten am Stück sauber.

»Links – RECHTS – links – RECHTS!« Ich brülle so laut, dass die Linden rauschen. Je heftiger ich brülle und je strenger ich schaue, desto toller finden es meine Brüder.

Ich hasse marschieren und mit Wasserpistolen schießen. Ich muss mich dann immer schütteln und ich finde, es müsste verboten werden. Aber ich hasse es auch, allein einkaufen zu gehen. Also habe ich jetzt meine Privatarmee. Ich schicke sie auf Erkundungsmissionen nach Schokostreuseln und sauren Gurken. Sie tragen bleischwere Einkaufstaschen, weil das zu einem Feldzug dazugehört.

Und sie sind da. Sie beschützen mich. Das sagen sie selbst.

Sven

ALS ICH AUFWACHE, steht die Sonne schon niedrig. Ich bin dreizehn, aber nach einem Tag in der Schule muss ich zwei Stunden lang pennen.

Ich bleibe liegen, weil ich nicht ins Wohnzimmer will. Manchmal weiß ich nicht, was ich schlimmer finde: krank zu sein, oder die Art, wie meine Eltern mich jetzt anschauen.

In meinem Kopf steht eine Mauer aus Stein.

Und über das, was sich dahinter verbirgt, denke ich einfach nicht nach. Wie es weitergehen soll, meine ich. Wenn wir keine Medikamente finden, die wirken.

Mit Autofahren. Und Mädchen. Und einem normalen Job.

Wenn ich nie mehr bei einem Wettkampf schwimmen darf, das Meer ab jetzt nur noch ansehen darf.

Nein. Darüber denke ich nicht nach.

Meine Hand klopft auf die Bettdecke neben mir. Als gehöre sie jemand anderem. Sofort springt Alaska zu mir aufs Bett. Sie legt sich so nah neben mich, dass kein Floh mehr dazwischen passt. Ploff – ploff – ploff – sie wedelt mit dem Schwanz.

Es ist viel zu heiß für eine Wärmflasche in Hundeform, und trotzdem lasse ich sie da liegen. Ich streichle ihren Kopf und ihre dreieckigen Hängeohren. Die meisten Golden Retriever sind blond oder braun, aber das hier ist ein Hund aus Schnee. Ihre Augen, ihre Schnauze und ihre Nase heben sich pechschwarz von dem Weiß ab.

Zu Hause braucht sie diese idiotische Decke nicht zu tragen. Zu Hause kann ich manchmal vergessen, dass sie ein Assistenzhund ist. Dann ist es, als wäre sie einfach der Hund, den ich mir schon seit dreizehn Jahren wünsche.

PARKER

UM ZWEI UHR NACHTS fahre ich erschrocken im Bett auf. Einen Moment lang denke ich, dass eingebrochen worden ist – dass ich unseren Alarm höre und unten Männer mit Messern rumlaufen. Aber dann fällt mir alles wieder ein.

Heute Nacht entführe ich Alaska.

Ich ziehe mein Handy unter dem Kissen hervor und schalte den Wecker schnell aus. Meine Augen sind noch halb zu und es fühlt sich an, als hätte ich nur zehn Minuten geschlafen. Aber wenn ich jetzt nicht gehe, muss ich wieder zwei Tage warten. Meine Eltern sind auf halber Ration: Jede zweite Nacht dürfen sie eine Schlaftablette nehmen. In den Nächten ohne Schlaftablette spuken sie ständig durchs Haus. In den Nächten mit Schlaftablette sind sie sechs Stunden lang ausgeschaltet.

Ich bin schon außer Atem, als ich mir eine schwarze Hose und einen dunkelgrünen Rolli anziehe. Aus der Kiste mit den Wintersachen habe ich die Pudelmütze meines Vaters geklaut. Wenn ich sie ganz über meinen Kopf ziehe, reicht sie mir bis unters Kinn. Bevor ich schlafen gegangen bin, habe ich mit der Küchenschere Löcher für meine Augen und meinen Mund hineingeschnitten.

Jetzt habe ich also eine Biwakmütze. Sie liegt neben der Frosch-Nachttischlampe auf meinem Schreibtisch und starrt mich mit ihren Löchern an. Ich starre zurück und mir ist schlecht. Im Kopf sehe ich die Bilder der Überwachungskamera wieder vor mir. Ein Film für Menschen über vierzig. Ohne Ton. Aber mit Gewalt.

Mit zitternden Fingern stopfe ich die Mütze in meinen Rucksack. Meine Fahrradschlüssel sind schon darin, eine Taschenlampe, ein Seil, das gleich Alaskas Leine wird, und das halbe Päckchen Hundekuchen, das ich schon seit vier Monaten in meiner Sockenschublade aufhebe.

Unten ist der neue Alarm eingeschaltet. Ich kann den Schalter nicht erreichen, ohne dass erst die Sirene ausgelöst wird, also klettere ich aus meinem Fenster. Das habe ich schon tausend Mal getan, ohne dass es nötig war – einfach, weil es eben Spaß macht, erst auf das Schuppendach zu springen und danach über die Pergola nach unten zu rutschen.

Es ist so eine Nacht, wie es sie nur ein paarmal im Jahr gibt. Die dunkle Luft ist samtig und ein leichter Duft nach Grillfleisch und Feuerkörben schwebt über den Gärten; die letzten Leute sind erst vor nicht allzu langer Zeit in ihre Häuser gegangen. Jetzt schläft die ganze Stadt.

Nur die Diebe sind noch wach.

Vor fünf Wochen hätte ich das hier großartig gefunden. Mein Fahrrad lautlos aufzuschließen und durch die leeren Straßen zu fahren. Die ersten zweihundert Meter ohne Licht, dann mit. Zu wissen, dass ich den Weg zu Svens Haus ganz genau im Kopf habe. Zu tun, als wäre es die normalste Sache der Welt, dass ich nachts um Viertel nach zwei durch die Stadt fahre, während meine Haare im warmen Wind flattern.

Aber es ist nicht vor fünf Wochen – es ist jetzt.

Das Herz hämmert mir in den Ohren, meine Hände sind schweißnass. Ich versuche, an Alaska zu denken: an die weichen Ballen unter ihren Pfoten, daran, wie sie immer dalag und träumte, alle vier Pfoten in die Luft gestreckt. Wenn alles gut geht, kann ich mein Gesicht in einer halben Stunde in ihr Fell drücken.

Aber durch meinen Kopf geistern ständig Männer mit Biwakmützen. Ich wollte, meine marschierenden Brüder wären hier. Mein Schattenvater. Meine Mutter, die nie weint.

Als die Angst so groß wird, dass ich schreien will, bin ich da.

Eine Straße voller Neubauhäuser. Zwischen den Pflastersteinen liegt noch viel Sand – ich spüre ihn unter meinen Rädern. Auf Google Maps habe ich mir alles gründlich angesehen. Die Gärten hinter den Häusern grenzen an ein riesiges leeres Feld. Vielleicht werden dort später noch mehr Häuser gebaut, aber jetzt ist dort auf jeden Fall nichts.

Ich radle bis zum Ende der Häuserzeile und steige dort ab. Mit dem Rad an der Hand schleiche ich zur Rückseite der Häuser. Ich keuche, als wäre ich einen Marathon gelaufen. Die Biwakmütze setze ich noch immer nicht auf. Sven darf mich nicht erkennen, aber für andere Leute bin ich mit Mütze natürlich viel verdächtiger als ohne.

Meine Augen haben sich so an die Dunkelheit gewöhnt, dass ich meine Taschenlampe gar nicht brauche. Während ich mein Rad durch das sandige Feld schleppe, zähle ich die Gärten. Alaska wohnt in dem Haus mit dem siebten Garten.

Ich hatte mein Rad mitgenommen, um vom Sattel aus über den Bretterzaun klettern zu können, aber der scheint extra für Einbrecher gemacht zu sein. Das Gartentor ist natürlich abgeschlossen, aber die Bretter des Zauns liegen horizontal übereinander, sodass es sich anfühlt, als würde man auf eine Leiter klettern. Und auf der anderen Seite wieder hinunter.

Außer Atem stehe ich in Svens Garten. Ein glänzender Teich, weiße Gartenstühle, süßlich duftende Blumen in der Nacht. Hinter allen Fenstern ist es dunkel. Ich ziehe mir die Biwakmütze über den Kopf und hasse mich. Aber es geht nicht um Geld. Hier geht es um Alaska.

Mein ganzer Plan baut auf einer einzigen Sache auf: der Hitze. Der Tag war drückend heiß, die Nacht ist schwül. Die wenigsten Leute hier haben eine Klimaanlage – sie machen nachts einfach die Fenster auf. Und darauf hoffe ich also. Dass Svens Eltern anders sind als meine Eltern. Dass sie keine Alarmanlage haben und bei offenen Fenstern schlafen.

Vorsichtig schleiche ich zur Hintertür. Ich drücke die Klinke herunter – aber die Tür ist abgeschlossen. Ich kenne wirklich niemanden, der sein Bett gleich an der Hintertür stehen hat, also leuchte ich drei Sekunden lang mit meiner Taschenlampe in den Raum. Eine leere Küche. Keine schlafenden Menschen. Und auch kein schlafender Hund.

Auf Zehenspitzen gehe ich zu der gläsernen Schiebetür links neben der Küche. Bestimmt ist hier das Wohnzimmer. Im Dunkeln taste ich die Tür ab und halte den Atem an. Sie steht einen Spaltbreit offen.

Schnell hocke ich mich hin. Ich greife wieder nach meiner Taschenlampe. Mit einer Hand halte ich mich an der Tür fest. Und dann spüre ich plötzlich etwas Feuchtes an meinen Fingern.

Ich will schreien, aber im selben Moment schiebt sich eine weiße Schnauze durch den Spalt. Ich höre ein unbändiges Jaulen. Gierig leckt eine warme Zunge meine Hand. Als würde nichts auf der Welt so gut schmecken wie meine Finger.

»Alaska!«, flüstere ich der Schnauze zu. Es klingt wie ein

Seufzer, aber es fühlt sich an wie ein Schrei, der bis an die Sterne reicht.

Sie fängt lauter an zu jaulen. Ich höre ihr Schwanzwedeln, ihre Krallen klackern über den Boden. Sie rennt hinter der Tür hin und her – und kann jeden Moment anfangen zu bellen, weil sie die Freude nicht mehr erträgt. So fest ich kann, ziehe ich an der Schiebetür, aber der Spalt wird keinen Millimeter breiter.

Auch ich kann jeden Moment anfangen zu bellen, weil ich die Freude nicht mehr ertrage. Ganz kurz schießt mir durch den Kopf, wie ich mich heute Morgen vor meiner neuen Klasse vollkommen lächerlich gemacht habe und wie dieser miese Sven in der Pause neben mir angefangen hat zu summen, nur um mich zu ärgern. Aber wenn es mir gelingt, Alaska zu entführen, ist mir das alles total egal.

Vorsichtig taste ich die Innenseite der Glastür ab. In der Mitte ist ein Hebel. Ich ziehe daran und plötzlich bewegt sich die Schiebetür. Ich husche hindurch und ziehe sie sofort wieder hinter mir zu. Wenn ich Alaska jetzt in den Garten lasse, rennt sie laut bellend im Kreis herum.

Ich bin da.

In dem Zimmer ist es stockfinster, aber das ist egal. Umarmen geht auch ohne Licht.

Ich lasse mich auf die Knie fallen und wollte, ich hätte tausend Arme. Jetzt erst spüre ich, wie schlimm ich sie vermisst habe. Nicht nur mit dem Kopf, sondern mit meinem ganzen Körper – mit den Händen und Ohren und Augen und Lippen.

»Ja, ist ja gut!«, flüstere ich immer wieder. »Still, sei nur still, Alaska, ich freu mich ja auch. Ich hab dich auch vermisst. Schscht, Alaska – sei still!«

Ich öffne meinen Rucksack, um das Seil herauszunehmen. Und dann geht das Licht an.

Alaskas Schwanz wedelt mir Luft ins Gesicht, aber ich kann nicht mehr atmen. Ich traue meinen Augen kaum. Ich dachte, dies hier sei das Wohnzimmer, aber es ist ein Schlafzimmer. An der Wand, zwei Meter von mir entfernt, steht ein Bett mit einer Stehlampe daneben. Und in diesem Bett liegt Sven.

Sven

EIN GANZER OZEAN rauscht in meinem Kopf, das Herz hämmert mir in der Brust. Ich kann mich nicht bewegen.

Neben meinem Bett hockt ein dunkler Schatten. Er hat magere Arme und einen schwarzen Kopf mit drei Löchern. Das Loch für das linke Auge ist höher als das für das rechte. Der Mund ist ein Dreieck.

Alaska benimmt sich, als hätte sie ihr ganzes Leben auf diesen Moment gewartet. Sie tanzt im Kreis und jault wie verrückt. Ihr Schwanz sieht aus wie ein Propeller.

Wenn ich nicht erst die Flüsterstimme gehört hätte, würde ich jetzt das ganze Haus zusammenbrüllen.

Es ging alles so langsam und schleichend. Wie ein Hügel, der immer steiler wird, bevor man es so richtig merkt.

Erst habe ich geträumt, dass sich jemand ins Zimmer geschlichen hat. Und während ich langsam wach wurde, war da immer dieses Flüstern. »Ja, ist ja gut, Alaska, ich freu mich auch. Ich hab dich auch vermisst, Alaska ...«

Und auf einmal bin ich hellwach und mein Gehirn kapiert endlich, dass da wirklich, ernsthaft, JEMAND IN MEINEM ZIMMER IST.

Die Gestalt steht auf und macht einen Schritt in Richtung Schiebetür.

»Warte!«, krächze ich. Keine Ahnung, warum – meine Stimme scheint mir nicht mehr zu gehorchen.

Die Gestalt bleibt stehen.

Es ist ein Mädchen, das sehe ich jetzt. Ihr Pulli ist eng.

Sie hat noch keine Brüste, die auf und ab schaukeln würden, wenn sie über den Strand rennt. Aber etwas hat sie schon. Mir fällt plötzlich ein, dass ich nur Boxershorts trage. Und dass es gestern viel zu warm war für die Bettdecke.

Mann, ich träume natürlich noch immer.

Mitten in der Nacht von einem unbekannten Mädchen angestarrt zu werden, während man halb nackt im Bett liegt – das klingt eindeutig wie ein Traum.

»Bist du echt?«, flüstere ich. Die dümmste Bemerkung, die es gibt, aber nun gut.

Ihre Hände sind das Einzige an ihr, was nicht bedeckt ist.

»Ja«, flüstert sie, während sie die Hände zu Fäusten ballt, »ich bin echt.«

An ihrer Stimme kann ich nichts hören. Kein Alter, keinen auffälligen Akzent. Keine Stupsnase, keine schönen Augen, kein seltsames Kinn.

Die Einzige, die noch weiß, wie man sich bewegt, ist Alaska. Sie springt zum Bett, stellt die Vorderpfoten auf den Rand, leckt über meinen nackten Bauch und rennt dann wieder zu dem Schatten.

Wenn sie nicht so außer sich wäre vor Freude, würde ich die Polizei rufen.

»Du weißt, dass sie Alaska heißt«, flüstere ich. »Wie kann das sein?«

Ich tue so, als hätte ich alles unter Kontrolle. Als würde jede Nacht ein Mädchen mit Biwakmütze neben meinem Bett stehen.

»Also?«

Ihre Fäuste entspannen sich, sobald das Tier in ihre Nähe kommt. Sie streichelt den weißen Kopf, als wären ihre Hände unersättlich.

»Ich hab ihr den Namen gegeben«, sagt sie so leise, dass ich sie kaum verstehen kann. »Alaska war erst mein Hund.«

Ich setze mich gerade hin. »Sie gehörte dir?«

Sie nickt.

Natürlich war mir klar, dass Alaska vor mir bei einer anderen Familie gelebt hat. Sie war fast ein Jahr alt, als sie zu uns kam. Aber ich wollte nichts darüber wissen. Wenn man einen gebrauchten Rollstuhl bekommt oder abgenutzte Krücken, will man ja auch nichts über den vorherigen Besitzer hören.

»Setz diese Mütze mal ab!« Ich will wissen, wie sie aussieht, aber sie schüttelt den Kopf.

»Ich habe hier einen Alarmknopf«, sage ich. »Wenn ich darauf drücke, stehen meine Eltern innerhalb von drei Sekunden hier im Zimmer.«

»Warum hast du einen Alarmknopf?«, flüstert sie. »Wegen Einbrechern?«

»Wegen meiner Anfälle.« Ich streiche mir übers Haar und spüre, dass es hochsteht. »Ich habe Epilepsie. Das ist ...«

»Ich weiß, was das ist«, sagt sie harsch.

Ich hatte mich schon darauf vorbereitet, wieder mein Referat runterzunudeln.

»Wirklich? Okay ... Na ja, manchmal habe ich auch nachts einen Anfall, und dann drückt das Tier mit der Schnauze auf den Alarmknopf. Und dann stürmen meine Eltern die Treppe hinunter.«

Ihr Körper verändert sich. Ich sehe es mit eigenen Augen. Wenn sie mit mir spricht, ist jeder Muskel angespannt. Als müsste sie sich große Mühe geben, nicht zurückzuweichen. Aber wenn es um den Hund geht, wird sie ganz weich.

»Wirklich?«, flüstert sie atemlos. »Das habt ihr Alaska beigebracht? Bei einem Anfall mit der Schnauze auf den Alarmknopf zu drücken?«

»Yep. Erst hatte ich eine Kamera in meinem Zimmer. Die lief die ganze Zeit. Sie war mit einem Bewegungssensor ausgestattet, und wenn ich plötzlich ruckartige Bewegungen machte, während ich an den Hausaufgaben saß oder schlief, ging bei meinen Eltern ein Piepser los.«

Sie wartet ab.

»Kannst du dir das vorstellen?«, frage ich. »Niemals allein sein zu dürfen? Ständig von deinen Eltern mit einer Kamera beobachtet zu werden?«

Die Löcher in der Biwakmütze starren mich an.

»Ja«, sagt sie leise. »Das kann ich mir vorstellen.« Sie kniet sich wieder neben den Hund. »Und jetzt ist Alaska also die Kamera ...«

Am liebsten würde ich sie auslachen. Sie tut, als wäre dieser Hund das intelligenteste Tier der Welt. Und gleichzeitig will ich irgendwo gegentreten, weil ich sehe, wie sehr sie das Fellmonster vermisst hat. Ihre Hände können gar nicht mit dem Streicheln aufhören.

Ich bin mir sicher: Wenn die Welt jetzt unterginge, würde

sie einfach weitermachen. Quer durch alle Flutwellen hindurch.

»Bist du allergisch gegen Hunde?«, frage ich. »Das ist das Einzige, was Yvonne erzählt hat. Dass Alaska darum wegmusste.«

Das Mädchen schüttelt den Kopf. »Ich nicht – mein kleiner Bruder, er ist sechs. Wir dachten den ganzen Winter, er wäre erkältet. Aber das war er nicht. Er war allergisch.«

»Und da musste der Hund weg.«

»Oder Joey«, sagt sie. »Aber meine Eltern wollten ihn behalten. Also musste Alaska weg.«

Ich grinse, aber sie schweigt. Ich kann ihr Gesicht natürlich nicht sehen. Aber ich würde ziemlich viel darauf wetten, dass sie nicht über ihren eigenen Witz lacht.

»Und jetzt muss ich gehen«, sagt sie. Aber ihre Hand hört nicht auf Alaska zu streicheln. »Sonst merken meine Eltern, dass ich weg bin.«

»Ich weiß nicht mal deinen Namen!« Ich will lauter sprechen, aber ich flüstere noch immer.

Es ist ein Wunder, dass meine Eltern noch nichts gehört haben. Aber seit das Tier hier ist, schlafen sie wie die Murmeltiere. Kein Wunder – sie wurden gerade ein ganzes Jahr um den Schlaf gebracht.

Wir haben im Internet mehr als genug darüber gelesen. Es gibt Epileptiker, die nachts während eines Anfalls an ihrem Kissen ersticken. Manche fallen aus dem Bett, reißen sich die Schlagader auf und verbluten.

»Darf ich noch mal wiederkommen?«, fragt das Mädchen vorsichtig. »Nicht morgen Nacht, sondern übermorgen? Bist du dann da?«

Das hier ist doch ein Traum.

Sie fragt mich tatsächlich, ob ich ein paar Tage später mitten in der Nacht zufällig auch wieder in meinem Bett liege.

»Ist das ein Date?«, frage ich.

Aber sie antwortet nicht. Ihre ganze Aufmerksamkeit gilt dem haarigen Monster. Offensichtlich gibt es noch fünfhundert Stellen, die gestreichelt werden müssen.

»Ich komme wieder«, flüstert sie. Nicht zu mir, sondern zu dem Hund. »Ganz bestimmt, ich komme wieder.«

Wow.

Mal angenommen, ein Mädchen würde so was zu mir sagen. Würde »Ich komme wieder« sagen – und dabei klingen, als müsste sie sterben, wenn sie mich nicht mehr sieht.

Man sollte das natürlich nicht allzu ernst nehmen. Mädchen übertreiben immer alles, ihre Stimmen sind zu hoch, sie stehen auf Pferde und Glitzerkram und tuscheln über BHs.

Aber trotzdem muss es irgendwie auch toll sein. Wenn jemand das nicht zu einem Tier sagt, sondern zu mir. Und dann ist sie weg. Die Tür ist schon wieder zugeschoben. In den Fenstern spiegelt sich die Stehlampe, ich sehe sie nicht mal weggehen.

PARKER

ICH TRAUE MICH NICHT MEHR, meine blauen Turnschuhe zur Schule anzuziehen. Was, wenn Sven sich daran erinnert, dass er vergangene Nacht genau solche gesehen hat? Dann weiß er plötzlich, wer ich bin. Also ziehe ich meine Sandalen an. Und einen Rock, die Hitzewelle ist noch immer nicht vorbei.

Ich habe zwei Stunden weniger geschlafen als sonst, aber ich fühle mich so wach wie seit Langem nicht. Meine Haare tanzen im Wind, meine Beine treten in die Pedale, als könnten sie ewig damit weitermachen. Als ich auf dem letzten Stückchen Schulweg wieder den Mann mit seinem Hund sehe, fange ich an zu lachen. Ich winke ihnen zu, obwohl ich sie gar nicht kenne.

Vergangene Nacht habe ich zum ersten Mal seit vier Monaten nicht von Alaska geträumt. Vergangene Nacht habe ich sie umarmt – in Wirklichkeit. Ich weiß, dass es kein Traum war, denn heute Morgen waren die Biwakmütze und mein Rolli mit weißen Haaren übersät. Ich habe beides tief unter meine Matratze geschoben. Morgen Nacht gehe ich wieder hin. Und bis dahin muss ich so tun, als sei nichts passiert.

Es fühlt sich seltsam an, wieder mit Sven in der Klasse zu sitzen.

Alles ist jetzt anders: Es ist helllichter Tag, nicht drei Uhr nachts. Wir sind in der Schule, nicht in seinem Zimmer.

Ich trage keine Biwakmütze und er nicht nur Boxershorts, seine Stimme klingt wie ein donnernder Bulldozer und nicht wie ein witziger Igel.

Und hier, im Klassenzimmer, weiß er, wie ich heiße.

»Hey, Parker«, ruft er. »Was bellst du uns heute vor? Kannst du vielleicht auch einen Hunde-Rap?«

Als er meinen Namen durch den Raum brüllt, denke ich erst, er spricht ihn übertrieben englisch aus. Das machen manche Leute. Paaarrrkerrr – als wäre ihnen eine heiße Frikadelle im Hals stecken geblieben. Dann aber höre ich es plötzlich, gleichzeitig mit dem Rest der Klasse. Er hat mich nicht Parker genannt, sondern *Barker*.

Ich habe in meinem Leben schon viele Spitznamen gehabt, aber noch nie einen, der mich so verletzt hat. Einen Vampir kann man nur mit einem Holzpflock ermorden. Tja, heute hat Sven Beekman so einen Pflock für mich gefunden.

Barker ist Englisch. Und »to bark« bedeutet »bellen«.

Reglos starre ich ihn an, während die Klasse völlig verrücktspielt. »Parker the Barker! Fräulein Barker Montijn!«

Ganz kurz schaut Sven mich mit seinen eisblauen Augen an. In Gedanken höre ich den witzigen Igel »Ist das ein Date?« fragen. Und in Wirklichkeit hasse ich ihn.

Ich wollte, es wäre mir gelungen, Alaska zu entführen. Ich wollte, wir wären jetzt gemeinsam unterwegs nach Paris oder in die Antarktis, denn dieser donnernde Bulldozer verdient überhaupt keinen Hund, der ihm irgendwann mal das Leben rettet. Sven Beekman verdient es, an seiner eigenen Zunge zu ersticken.

Als die Schule endlich aus ist, bin ich noch immer so wütend, dass ich, ohne es zu wollen, meine Brüder nachahme. Ich gehe nicht einfach, ich marschiere. Und plötzlich denke ich: Heute traue ich mich in unseren Laden. Wenn ich jetzt jemandem mit einer Biwakmütze begegne, mit einem Messer oder einer Pistole, dann denke ich einfach an Sven. An den Holzpflock, den er gefunden hat. Und dann schlage ich einfach zu.

Mein Fahrrad stelle ich am Anfang der Fußgängerzone ab. Ich balle die Fäuste, damit meine Finger nicht so zittern, und versuche, mir Personenbeschreibungen zu merken, aber zwischen all den Leuten mit Einkaufstaschen sehe ich immer wieder Svens eisblaue Augen vor mir.

Ein kahlköpfiger Mann geht an mir vorbei. Auf seinem T-Shirt steht in schwarzen Buchstaben THINK. FEEL. DO. und ich denke wütend: Im Ernst, welches dieser drei Wörter würdest du vergessen, wenn sie nicht auf deinem Bauch stünden? Er kratzt sich die schwitzende Glatze und ich frage mich, ob Männer wirklich dümmer sind als Frauen. Auf jeden Fall sind sie schlechtere Menschen. Das zeigt schon ein Blick in die Gefängnisse. Ich habe es gegoogelt: Acht Prozent aller Gefangenen sind Frauen. Zweiundneunzig Prozent sind Männer.

Ich begreife nicht, warum das in den Nachrichten nicht öfter gesagt wird. Warum Jungen in der Schule keinen Extraunterricht bekommen. Warum nicht einfach bestimmt wird, dass Männer nach Sonnenuntergang nicht mehr auf die Straße dürfen.

Das Schaufenster vom Fotofachgeschäft Montijn sieht aus, wie es schon mein ganzes Leben lang ausgesehen hat. Auf den Regalbrettern liegen glänzende Kameras und Linsen. Die Tür steht offen. Ich gehe bis zur Türschwelle und dann kann ich nicht mehr weiter. Mein Körper weigert sich einfach.

Dinge, die genauso aussehen wie immer, können sich plötzlich völlig anders anfühlen.

Von der Türschwelle aus schaue ich zu meiner Mutter. Sie steht hinter dem Ladentisch und beugt sich über einen Fotoapparat; außer ihr ist niemand im Laden. Überall hängen neue Überwachungskameras. Für meinen Vater winke ich kurz dem Ding zu, das auf die Tür gerichtet ist. Ich weiß, dass er zu Hause am Computer sitzt und sich von dort die Schwarz-Weiß-Bilder anschaut. Das macht er schon seit fünf Wochen.

Meine Mutter hat mich entdeckt.

»Parker!« Sie lacht mich an, aber trotzdem läuft mir ein Schauer über den Rücken. Ich bin mir sicher, dass sie sich an den Namen ihrer Tochter erinnert, aber ich höre sie Barker sagen.

»Kommst du raus?«, frage ich. »Es ist drinnen total heiß!«

Ich sehe, dass sie es versteht. Vorsichtig legt sie die Kamera hin. Neben der Kasse hängt ein Poster in grellen Farben. Ich kann es träumen:

So verhalten Sie sich bei einem Überfall richtig!

1. Ruhe bewahren.
2. Die Situation akzeptieren. Wehren Sie sich nicht.
3. Das Geforderte herausgeben. Was immer die Täter auch haben wollen, geben Sie es ihnen.
4. Genau hinschauen. Prägen Sie sich möglichst viele Einzelheiten zu dem oder den Tätern ein!

Früher glaubte ich, dieses Poster würde dafür sorgen, dass alles gut geht. Solange man sich nur an diese vier Dinge hielt, war man in Sicherheit. Aber so funktioniert es nicht. Sicherheit gibt es überhaupt nicht. Es geht nur ums Überleben. Und verglichen mit nicht überleben ist überleben schon eine ganze Menge.

Draußen lehnen meine Mutter und ich uns gegen den Türpfosten. Als stünden wir Wache. Wir haben die gleichen glatten, hellbraunen Haare, die gleiche Nase mit Sommersprossen, die gleichen grauen Augen. Von außen bin ich meine Mutter, aber von innen bin ich mein Vater. Papa und ich sind die Feiglinge. Mama und meine Brüder die Mutigen.

Die Fußgängerzone badet in der Hitze. Die Sonne ist verschwunden und ein Gewitter hängt in der Luft. Ich schaue mir die Schuhe von jedem Mann an, der vorbeigeht. Schuhe sind das Wichtigste.

»Wie wars in der Schule?«, fragt meine Mutter.

»Ganz gut«, sage ich.

»Möchtest du eine Fanta?«

Ich nicke. Sie geht hinein, um zwei Dosen aus dem Kühlschrank hinten im Laden zu nehmen. Während ich draußen warte, ziehe ich automatisch mein Handy aus der Tasche, um zu schauen, ob meine Mutter schon geschrieben hat.

Nein, natürlich nicht. Erst als ich auf das Display starre, begreife ich, wie verrückt das ist. Ich bin ja hier. Und Mama kommt schon wieder nach draußen. Im Augenblick bin ich sicher, dass sie lebt. Wortlos lehnt sie sich neben mich an den Türrahmen.

Sven

ICH BIN KEIN STEINZEITMENSCH. Aber mal angenommen, doch, dann wäre ich mir diese Nacht sicher gewesen, dass die Welt untergeht. Das Gewitter war gigantisch.

Draußen blitzten lauter Discolichter und zum großen Finale krachten ganze Berge zusammen. Drinnen lag das Tier zitternd neben meinem Bett. Hunde und Steinzeitmenschen sitzen in der Hinsicht fast ein wenig im selben Boot. Viele rohe Knochen. Kaum Zugang zu Wettersites.

Als sich das Spektakel genau über unseren Köpfen befand, gab ich endlich nach. Die restliche Nacht hat das haarige Monster dicht an mich geschmiegt neben mir gelegen.

Und jetzt bin ich wach, obwohl es erst halb sieben ist.

Ich habe von dem Mädchen mit der Biwakmütze geträumt. Zwischen den Donnerschlägen fuhren wir zusammen in einem Porsche 911 Carrera eine kurvenreiche Küstenstraße entlang. So eine Straße, von der man denkt: Wenn man jemals irgendwo keinen epileptischen Anfall bekommen möchte, dann dort.

Aber die Grillen zirpten und ich war ein großartiger Autofahrer. Und sie saß neben mir und lachte. Keine Ahnung, woher ich das wusste, denn sogar in meinem Traum trug sie diese Biwakmütze. Mit den unterschiedlich hohen Augen und dem Dreiecksmund.

Heute Nacht kommt sie wieder. Das hat sie jedenfalls gesagt.

Vom Bett aus betrachte ich mein Zimmer.

Im grauen Morgenlicht sehe ich plötzlich, was für eine Unordnung dort herrscht. Dreckige Socken, Comic-Hefte, Turnschuhe, eine kaputte Drohne, ein paar Fetzen Geschenkpapier, der Helm, den ich nur ein einziges Mal getragen habe und danach nie wieder – lieber falle ich hin und sterbe, als den Rest meines Lebens mit so einem Teil auf dem Kopf rumzurennen.

Und noch ungefähr hundert andere Sachen.

Plötzlich frage ich mich, was das Biwakmädchen von diesem Chaos wohl gehalten hat. Hat sie nur zu Alaska geschaut? Oder hat sie auch den Teller mit der schimmeligen Tomatensoße gesehen?

Ich reibe mir die Augen, schlage die Decke zurück und steige aus dem Bett.

Während ich aufräume, folgt Alaska mir auf Schritt und Tritt. Nach einer Weile stupst sie sanft mit der Schnauze gegen mein Bein. Dabei jault sie leise.

Was hat das Tier? Lacht sie mich aus, weil ich plötzlich aufräume?

»Ich bin da ganz deiner Meinung, weißt du«, sage ich zu ihr. »Ich bin verrückt.«

Ich bin wirklich verrückt, stehe hier und rede mit einem Tier wie so eine alte, einsame Frau, die alle herumstreunenden Katzen füttert. Nicht mehr lange und ich

PARKER

SVEN ist heute nicht in der Schule.

Den ganzen Tag lang kann ich ruhig atmen, denn keiner denkt sich einen neuen Parker-the-Barker-Witz aus. Aber gleichzeitig überlege ich ständig: Was wird aus heute Nacht? Was, wenn er so einen Anfall gehabt hat, bei dem sein Gesicht blau angelaufen ist und er ins Krankenhaus musste? Dann wird er die Schiebetür heute Nacht nicht offen lassen und ich stehe da draußen im Dunkeln und drücke mir die Nase an der Scheibe platt, während Alaska drinnen durchdreht.

Als ich um zwei Uhr nachts aus dem Bett steige, bekomme ich sofort eine Gänsehaut. Seit dem Gewitter gestern ist der Sommer vorbei. Natürlich ist es lächerlich, sich wieder mitten in der Nacht zu Sven zu schleichen. Aber es geht nicht anders.

Meine Eltern haben mir verboten, Alaska weiterhin zu sehen. Sie sagen, es wäre gemein, sie in ihrem neuen Zuhause zu besuchen. Dann versteht sie die Welt nicht mehr. Wir konnten ihr schon nicht erklären, warum sie auf einmal wegmusste. Und wenn wir jetzt plötzlich wieder auftauchen, verwirrt sie das völlig.

Das weiß ich, aber trotzdem fahre ich hier mit dem Rad durch die regennassen, glitzernden Straßen. Alles ist anders als vor fünf Wochen. Mein Körper fühlt sich an, als würde er langsam von innen abbröckeln: Ohne Alaska bleibt nichts mehr von mir übrig. Wie bei meinem Vater. Früher war er ein Mensch, und jetzt ist er nur noch eine leere Hülle.

Sollen andere Leute doch vernünftig sein – ich habe keine Lust mehr dazu. Ich tue endlich, was all diese Websites empfehlen: Ich bin ich selbst. Und ich, Parker the Barker, will Alaska sehen.

Die Biwakmütze setze ich erst auf, bevor ich über den Zaun klettere. Das nasse Holz unter meinen Händen ist glitschig. Mein Herz klopft noch wilder als beim letzten Mal, denn jetzt weiß ich, wen ich gleich treffen werde: Ich bin nicht nur auf dem Weg zu Alaska, sondern auch zu Sven. Wenn alles gut geht, wenn er nicht im Krankenhaus liegt, wenn die Tür einen Spaltbreit offen steht, dann muss ich wieder mit ihm reden.

Die Tür ist offen.

Während ich im Dunkeln nach dem Hebel taste, fängt Alaska schon leise an zu singen. Sobald ich den Raum betrete, wird die Stehlampe eingeschaltet. Ich blinzel ins Helle. Sven sitzt halb aufrecht im Bett – als würde er auf mich warten. Dieses Mal ist er nicht fast nackt. Er trägt ein dunkles T-Shirt und seine blonden Haare fallen ihm in die Stirn. Seine linke Hand ist mit einem Verband umwickelt.

»Du bist da!«, flüstere ich.

Er zieht die Augenbrauen hoch. »Sollte ich das nicht eher zu dir sagen?«

Ein wenig schwindlig beuge ich mich über Alaska. Jetzt muss ich wirklich aufpassen. Möglichst leise flüstern, damit er meine Stimme nicht erkennt. Und immer daran denken, dass ich nichts über ihn weiß. Ich weiß nicht, dass er heute nicht in der Schule war, ich weiß nicht, dass er sich gemeine Spitznamen ausdenkt, ich weiß nicht einmal, welche Farbe seine Augen haben. Im Licht der Stehlampe kann man das nicht erkennen.

Ich setze mich auf den Fußboden. Letztes Mal lag überall Krempel herum, aber jetzt ist das Zimmer aufgeräumt. Alaska springt um mich herum, sie leckt meinen Hals und schlägt mir ihren hin und her wedelnden Schwanz ins Gesicht. Ich flüstere Unsinnsdinge, einfach, weil es so schön ist, mit ihr zu sprechen.

»Ja, freust du dich wieder so, Alassie? Kannst du so schön singen?«

»Nennst du das singen?«, flüstert Sven von seinem Bett aus. »Dann müsstest du mal mit mir zur Schule kommen. In meiner neuen Klasse ist ein Mädchen, das Jingle Bells bellen kann.«

Ich erstarre.

»Sie heißt Parker«, sagt Sven. »Das bellende Mädchen. Aber ich nenne sie Barker. Verstehst du? Wegen to bark, bellen!«

In meinem Hals befinden sich zwei von diesen Schnüren, mit denen man einen Sportbeutel zuzieht. Sven hält sie straff in der Hand. Und jetzt zieht er daran.

»Verstehst du?«, fragt er noch mal. »Das ist Englisch.«

Ich balle die Fäuste.

»Natürlich verstehe ich das«, flüstere ich. »Ich bin doch nicht blöd.«

»Aber du lachst nicht.«

»Zufällig finde ich Mobbing nicht witzig.«

»Hast du überhaupt gehört, was ich gesagt habe?«, fragt er. »Das Mädchen hat angefangen zu bellen. Dann darf ich sie doch wohl Barker nennen?«

Ich will hier weg. Aber das geht nicht, weil ich Alaska noch streicheln muss. Wie in diesem Märchen von Tausendundeiner Nacht. Solange ich weiterhin ruhig mit Sven rede, schickt er mich nicht weg. Solange ich mir seine grässlichen Geschichten anhöre, darf ich Alaska weiter streicheln.

Also tue ich so, als wäre ich jemand anders. Ein Mädchen, das vom anderen Ende der Welt kommt. Ich habe noch nie im Leben auch nur eine einzige Sekunde gebellt. Parker the Barker kenne ich nicht.

»Was ist mit deiner Hand passiert?«, frage ich und zeige auf den Verband.

»Verstaucht.« Er seufzt. »Heute Morgen hatte ich wieder einen Anfall.«

»Hat Alaska auf den Alarmknopf gedrückt?«

»Jaja, sie hat mir mal wieder das Leben gerettet. Ich stand hier in meinem Zimmer und plötzlich bin ich auf den Boden geknallt. Auf meine Hand. Und danach wäre ich auch noch fast erstickt, also musste ein Krankenwagen anrücken.«

Er streicht sich die Haare aus der Stirn und starrt auf den Verband.

»Ich habe das so satt. Es dauert jetzt schon ein Jahr. Und wenn wir keine guten Medikamente finden, hört es nie mehr auf.«

Der donnernde Bulldozer ist aus seiner Stimme verschwunden. Der witzige Igel auch.

»Ich habe heute nur meine Eltern und Ärzte gesehen«, sagt er traurig. »Dabei ging es die letzten Wochen gerade ein wenig besser. Der Umzug war geschafft und auch das Hundetraining lief ganz gut. Aber dann komme ich in eine neue Schule und in eine neue Klasse, und diese dämliche Epilepsie wird bei Stress nur schlimmer ...«

»Stress?«, frage ich erstaunt.

»Ja, Stress!« Er zieht die Augenbrauen zusammen. »In welcher Klasse bist du?«

»In der achten«, flüstere ich und kann nur denken: Ich bin nicht Parker, ich gehe nicht in die siebte Klasse, ich bin jemand ganz anderes.

»Na ja, dann wirst du doch noch wissen, wie es ist, in eine neue Schule zu kommen? Die Hälfte der Zeit verlaufe ich mich, ich kann kein Französisch und meine gesamte Klasse kriegt einen Riesenschock, wenn ich einen Anfall bekomme. Ständig muss ich Referate über Epilepsie halten.«

Er seufzt. »Stell dir vor, du läufst den Rest deines Lebens auf dem Mars herum. Und jedem Marsmännchen, das dir begegnet, musst du es wieder neu erklären: wie du atmest, dass du Schnodder in der Nase hast, wie du pinkelst, wie du dich übergibst – und jedes Mal rufen sie ›Oh‹ und ›Ah‹ und sehen dich an, als wärst du der Freak.« Er zuckt die Achseln. »Das ist mein Leben. Aber ich muss dafür nicht erst zum Mars.«

Ich schaue ihn an und kann fast nicht glauben, dass er und das Ekelpaket aus meiner Klasse wirklich derselbe Junge sind.

»Ich hatte ...« Er hält inne und streicht sich wütend die Haare aus dem Gesicht.

»Was?«, frage ich. »Was hattest du?«

»Lass nur.«

Unter seinen Augen liegen tiefe Schatten. Der Riss an seinem Kinn ist kaum verheilt und jetzt hat er auch noch eine verstauchte Hand.

Ich versuche, es mir vorzustellen. Wie es wäre, plötzlich zu erfahren, dass ich den Rest meines Lebens auf dem Mars verbringen muss.

»Nun sags schon«, sage ich. Leise, als würde ich zu Alaska sprechen.

Er seufzt. »Ich hatte es mir so gut ausgemalt, weißt du. Gleich Montag wollte ich irgendwas ganz Tolles machen. Die ganze Schule sollte wissen, wer ich war. Aber eben nicht Sven, der Freak, der zuckend auf dem Boden liegt und sabbert, sondern Sven, der – na ja …« Er hebt die Schultern. »Mir ist nur nichts Gutes eingefallen. Und außerdem war ich zu feige. Ich ging da ganz allein durch die Gänge und plötzlich hatte ich einen Riesenbammel vor einem Anfall …«

Alaska liegt jetzt neben mir auf der Seite. Die Pfoten ausgestreckt, den Rücken gegen mein Bein gedrückt. Meine Hand streichelt die warmen, weichen Ballen unter ihren Pfoten. Schläfrig lehnt sie den Kopf an mein Bein. Manchmal kann ich es kaum glauben. Dass Hunde und Menschen sich so gernhaben können.

»Was du da am Montag wolltest …« Ich sehe Sven nicht an. »Das will jeder. Etwas Großartiges machen, damit die ganze Schule sofort weiß, wer man ist. Oder noch besser – die ganze Welt. Aber klappt das auch? Nein, natürlich nicht! Das liegt wirklich nicht an deiner Epilepsie.«

Er sagt nichts. Jeden Moment kann er wieder einen Witz über das bellende Mädchen machen, aber jetzt ist er still.

»Das ist doch erst die erste Woche«, flüstere ich. »Was hast du erwartet? Dass du Harry Potter bist? In der Schule ankommst und erfährst, dass man schon seit Jahren auf dich gewartet hat? Dass du die Welt rettest?«

Er grinst. »Das wäre schon cool.«

»Ich will das nicht«, sage ich.

»Wirklich nicht?«

»Nein! Ich will die Welt nicht retten. Die Welt ist nicht zu retten.«

»Nicht?«, fragt er. »Aber dann gewinnen doch die bad guys?«

Ich schlucke. »Die haben schon gewonnen.«

Still lege ich mich neben Alaska. Meine Arme um ihren Körper, meinen Kopf auf ihr Fell.

Es gibt keine Gefängnisse für Tiere, denn Tiere sind niemals grundlos böse. Wenn sie sich gegenseitig fressen, dann nur, weil sie nicht anders können. Weil in der Savanne keine Brötchenkörbe rumstehen. Tiere sind auch nicht besonders gut – sie *sind* einfach. Sie sind sie selbst, wie die Websites es von uns verlangen.

Aber plötzlich fällt mir ein, dass Alaska jetzt doch anders ist. Sie hat einen Job als Assistenzhund. Sie kriegt kein Geld dafür, sie wird nicht berühmt, sie bekommt kein extra leckeres Futter und kein goldenes Halsband. Und trotzdem hilft sie einem Menschen.

»Jetzt du«, sagt Sven.

»Jetzt ich was?«, frage ich.

»Jetzt musst du etwas erzählen. Ich weiß nichts von dir.«

Ich schweige.

»Du darfst auch die Mütze abziehen«, sagt er. »Das gilt auch.«

Ich vergrabe meine Hände tief in Alaskas Fell, um ihre warme Haut zu spüren. Ihr Fell ist immer noch etwas zu groß für ihren Körper – es wirkt, als würde sie einen Overall aus Fell tragen. Unter ihrem Kinn schlackert er.

»Du hast drei Möglichkeiten«, sagt Sven. »Erstens: Du

erzählst etwas von dir. Zweitens: Du setzt die Mütze ab. Drittens: Ich drücke auf den Alarmknopf. Wenn meine Eltern erfahren, dass Alaska erst dir gehört hat, darfst du nie wieder herkommen. Sie nehmen die Regeln für Assistenzhunde ziemlich ernst. Niemand darf Alaska ablenken – und ihr früheres Frauchen schon mal gar nicht.«

Jetzt hasse ich ihn wieder.

Es ist also wirklich wie in Tausendundeiner Nacht. Ich muss immer weiterreden, sonst ist das hier vorbei. Und das ertrage ich nicht. Alaska nicht mehr zu sehen ist unmöglich. Ich habe es vier Monate lang versucht, aber das Vermissen wurde einfach nicht weniger. Nur immer mehr.

Ich balle die Fäuste.

Eigentlich gibt es nur eine einzige Geschichte, die ich erzählen kann. Niemand in der Schule weiß, was diesen Sommer passiert ist, auch Sven nicht. Ich habe es noch niemandem erzählt – auf jeden Fall keinem normalen Menschen. Nur der Polizei.

»Was ist?«, fragt er. »Bist du eingeschlafen?«

Ich setze mich aufrecht hin.

Sven

»ES GESCHAH vor fünf Wochen«, sagt das Mädchen mit der Biwakmütze leise.

Es klingt, als würde sie ein Märchen erzählen.

Ich lege meine verletzte Hand auf die Bettdecke und warte, bis sie weiterredet. Ihr Gesicht habe ich noch immer nicht gesehen, und trotzdem habe ich das Gefühl, sie zu kennen.

Oder eigentlich, als würde sie mich kennen.

Es ist wirklich idiotisch. Ich erzähle ihr Dinge, die ich niemandem sonst sage.

Mein Psychologe klagt immer, ich würde nicht genug erzählen. Nächstes Mal werde ich ihm sagen, er solle sich besser eine Biwakmütze aufsetzen. Und vielleicht wäre es auch klug, das Licht auszumachen.

»Meine Eltern haben ein Geschäft ...« Eben lag das Biwakmädchen noch neben Alaska, aber jetzt sitzt sie wieder. Zwei Meter von meinem Bett entfernt. Die Arme um die Knie geschlungen, die Hände ineinander verflochten.

»Den Laden gab es schon, bevor ich geboren wurde. Einmal, vor vielen Jahren, wurde dort nachts eingebrochen. Aber es hat noch nie einen richtigen Überfall gegeben. Bis zu diesem Sommer.«

Sie schaut zu dem Hund. »Es ist so seltsam ... Alaska weiß davon gar nichts. Es ist passiert, als sie schon weg war. Sie kennt uns nur so, wie wir vor dem Überfall waren.«

Ich will etwas Witziges sagen. Fragen, ob wir ihr vielleicht die Hundeohren zuhalten müssen, damit das haarige Monster keine Albträume bekommt.

Aber ich halte den Mund.

»Ich war dabei«, sagt das Mädchen. »Ich habe es gesehen. Die Überwachungskamera hat es gefilmt, aber ich war auch da. Ich saß im Büro hinter dem Laden und habe alles gesehen.«

»Du hast gesehen, wie deine Eltern überfallen wurden?«

Sie nickt. »Ich habe mich hinter den Jacken an der Garderobe versteckt, aber zwischen den Ärmeln hindurch konnte ich den Laden sehen.«

Das Fellmonster wird wach und setzt sich auf. Sie hört auch zu. Die Vorderpfoten ausgestreckt, den Kopf ernsthaft zur Seite gewandt, als würde sie jedes einzelne Wort verstehen.

»Es war verkaufsoffener Donnerstag, also würden wir erst um neun Uhr schließen. Um Viertel vor neun kamen sie herein. Zwei schwarz gekleidete Männer mit Biwakmützen.«

Ich schaue sie an und kapiere überhaupt nichts mehr. Warum trägt sie dann selbst so ein Teil? Warum will sie diese Mütze auf gar keinen Fall absetzen?

»Der kleinere Mann hielt ein Messer in der Hand. Der größere eine Pistole.« Sie sieht mich mit diesen unbeweglichen Löchern in ihrer Mütze an. »Hast du schon mal eine Pistole in echt gesehen?«

Ich schüttele den Kopf und sie hebt die Achseln.

»Sie sieht genauso aus, wie du sie dir vorstellst. Genauso wie im Film.«

Ich sage nichts. Ich würde schon ganz gerne mal eine Glock 17 in echt sehen.

»Sie brüllten, ›Kasse auf!‹ Mein Vater war wie erstarrt. Er tat nichts. Tja, das konnte ich gut verstehen, ich tat ja auch nichts. Meine Mutter rief, dass kein Geld da sei. Sie habe es gerade erst zur Bank gebracht. Und da schlug ihr der größere Mann die Pistole gegen die Schläfe.«

Sie klammert die Hände ineinander.

»Danach hat meine Mutter die Kasse geöffnet. Ich sah Blut über ihre Wange laufen, einen dünnen Strahl. Und ich sah die Schuhe von dem Mann mit der Pistole. Schwarz, mit roten Flammen in den Sohlen.«

Sie räuspert sich.

»Plötzlich konnte sich mein Vater wieder bewegen. Er kam auf die Idee, den Alarmknopf zu drücken. So einen roten Knopf, wie du ihn neben dem Bett hast – so einen haben wir im Laden. Aber wenn man da draufdrückt, kommen keine Eltern, sondern die Polizei.«

»Wie schlau von deinem Vater«, sage ich.

Sie schüttelt heftig den Kopf. »Überhaupt nicht, das war superblöd! Man darf erst auf den Knopf drücken, wenn alles vorbei ist. Nicht während des Überfalls. Noch ehe er den Knopf erreicht hatte, haben sie ihn niedergeschossen. Und dann sind sie geflüchtet. Ich glaube, sie konnten kein Blut sehen.«

Sie beugt sich wieder über Alaska und fängt erneut an, sie zu streicheln. Als wäre die Geschichte damit zu Ende.

Ich will es nicht fragen, aber ich kann nicht anders.

»Lebt er noch? Dein Vater?«

Sie zuckt die Achseln. »In gewisser Weise.«

Ernsthaft. Das ist doch keine Antwort auf die Frage, ob jemand noch lebt? Die Schultern zu heben, als wäre es egal? Das macht man doch nicht?

»Niemand lebt in gewisser Weise«, sage ich strenger, als ich eigentlich will.

Sie seufzt. »Er wurde in die Schulter getroffen. Bevor er mit dem Krankenwagen weggebracht wurde, lag er in einer großen Blutlache. Nach drei Tagen durfte er wieder nach Hause. Da ist er jetzt.«

»Es ist also noch mal gut gegangen.«

Wieder seufzt sie. »In gewisser Weise. Das Blut ist ins Linoleum gesickert, also ist da jetzt noch immer ein Fleck. Und mein Vater hockt den ganzen Tag zu Hause und starrt auf den Computerbildschirm. Er schaut sich die Live-Aufnahmen der Überwachungskameras an, weil er sich nicht mehr ins Geschäft traut.«

»Und was ist mit deiner Mutter?«

»Die wohl. Der Laden war nur ein Wochenende geschlossen. Sie findet, dass Verbrecher nicht gewinnen dürfen. Sie will keine Angst haben.«

»Mutig«, sage ich – und wieder schüttelt das Mädchen den Kopf.

»Überhaupt nicht, das ist superblöd! Diese Männer laufen immer noch frei herum. Und es gibt unendlich viele von ihnen. Jeden Tag kann ein neuer Überfall passieren, jeden Tag kannst du auf der Straße zusammengeschlagen werden, jeden Tag kann sich jemand neben dir im Bus in die Luft jagen. Es kann immer passieren. Jede Minute. Jede Sekunde.«

Sie krümmt sich zusammen. Ihre Schultern zucken, sie hält sich eine Hand vor den Mund.

Alaska leckt eifrig ihre andere Hand, so wie sie es bei mir macht, wenn ich einen Anfall hatte.

Wahrscheinlich denkt sie: Anfall, Überfall – was macht das für einen Unterschied? Ich lecke eben ein wenig.

Ich zögere bestimmt hundert Sekunden, bis ich aus dem Bett steige.

Ich meine: Sie hört einfach nicht auf zu weinen. Was soll ich sonst machen?

Vorsichtig setze ich mich neben sie auf den Fußboden. Noch nie im Leben habe ich ein Mädchen getröstet.

Das Wort Mädchen könnte man auch einfach weglassen. Noch nie im Leben habe ich irgendjemanden getröstet.

»Ich verstehe es nicht«, sagt sie heiser. Ihre Tränen verschwinden sofort in ihrer Biwakmütze. Ich sehe sie nicht.

»Wie machen die Leute das? Wie leben sie einfach weiter, obwohl sie wissen, dass jeden Moment etwas schiefgehen kann?«

Ich schaue zu dem Helm, den ich heute Morgen auf meinen Kleiderschrank gelegt habe. Die Ärzte meinten, ich solle ihn immer tragen. Aber das tue ich nicht.

Langsam bewegt sich meine unverletzte Hand auf ihre Schultern zu.

Als ich sie berühre, zuckt sie zusammen. Aber sie bleibt sitzen. Meine Hand liegt auf ihrer Schulter.

Und jetzt? Wie geht es jetzt weiter?

Angenommen, ich möchte Alaska trösten – nur mal so angenommen –, dann würde ich sie natürlich einfach streicheln. Nichts leichter als das. Meine Hand braucht sich nicht kompliziert vorzunehmen, erst fünfzehn Zentimeter nach links zu streicheln, dann wieder fünfzehn Zentimeter nach rechts und das Ganze etwa dreißigmal zu wiederholen.

Einen Hunderücken kann ich. Aber was macht man mit einer Mädchenschulter?

»Darf ich Freitagnacht wiederkommen?«, fragt sie leise.

»Von mir aus«, antworte ich.

Sie steht auf und meine Hand fällt von ihrer Schulter.

Sie streichelt Alaska noch kurz, denn Hunde streicheln können wir ja alle. Fünfzehn Zentimeter nach links, fünfzehn Zentimeter nach rechts – es geht ganz von selbst.

PARKER

IN DER ERSTEN STUNDE will natürlich die ganze 7b hören, warum Sven gestern nicht in der Schule war. Es dauert mindestens eine Viertelstunde, bis der Matheunterricht anfangen kann. Alle sitzen atemlos da und hören sich seine Geschichte über den großen Anfall gestern an, den Krankenwagen mit Blaulicht, die verstauchte Hand und die sexy Krankenschwester, die ihm Blut abgenommen hat.

Still sehe ich ihn an. Nicht durch die Löcher meiner Biwakmütze, sondern einfach so. Heute Nacht habe ich mir sein Gesicht mindestens eine Stunde lang angeschaut und jetzt erkenne ich darin alles gleichzeitig. Ich sehe den donnernden Bulldozer, aber auch den witzigen Igel. Und als er grinsend von der Krankenschwester erzählt, sehe ich sogar den ganz normalen Jungen, der den Rest seines Lebens auf dem Mars gefangen ist. Der Junge, der jeden Tag aufs Neue erklären muss, wie er atmet.

In der großen Pause bekomme ich eine Nachricht von meiner Mutter. Es ist etwas mit Finn. Wir brauchen uns keine Sorgen zu machen, aber wenn meine Brüder von der Schule abgeholt werden, möchte die Lehrerin meinen Vater kurz sprechen.

Ich rufe meine Mutter sofort an.

»Ich begleite Papa«, sage ich.

»Wirklich, würdest du das tun?« Sie klingt besorgt. »Ich habe überlegt, ob Erik für mich einspringen kann, aber er ist schon heute Abend im Geschäft. Ich kann hier wirklich nicht weg.«

»Ich sehe zu, dass ich um halb drei an Finns Schule bin.«

»Schaffst du das denn? Hast du dann selbst schon frei?«

»Ja, ich habe um eins aus.«

Sie kennt meinen neuen Stundenplan noch nicht. Sie weiß nicht, dass die 7b heute bis halb vier Unterricht hat.

»Da fällt mir wirklich ein Stein vom Herzen.«

In der Biologiestunde lernen die anderen den Unterschied zwischen lebendig, tot und leblos, aber ich kann nur an Finn denken. Was ist mit ihm? Als es endlich klingelt, gehe ich nicht mit den anderen zurück in den Klassenraum, sondern melde mich im Sekretariat krank. Unsere Familie geht sie nichts an, also habe ich ab diesem Moment die Grippe.

Im leeren Flur sehe ich nur Sven, der ein paar Meter vor mir hergeht. Ganz allein ist er auf dem Weg zum Aufzug. Seine Füße schlurfen über den Boden und ich schaue zu seinem schwarzen T-Shirt. Hatte er das heute Nacht nicht auch an? Trägt er wirklich sein Schlafshirt in der Schule?

Ich will es eklig finden, aber das gelingt mir nicht ganz. Und es gelingt mir auch nicht, seine Hand auf meiner Schulter zu vergessen. Ich verstehe einfach nicht, wie es sein kann, dass es sich so anders anfühlt: von Alaska berührt zu werden oder von Sven.

Liegt es an Alaskas Fell? Wenn sie ihren Kopf an mich drückt, ist es, als würde ich mit einem Teddybären schmusen.

Aber als Sven seine Hand auf meine Schulter legte, fühlte es sich – na ja, es fühlte sich an, als würde ich von einem Menschen berührt.

Es ist das erste Mal, dass ich den alten Schulhof betrete, seit ich selbst nicht mehr dazugehöre. Mein Vater sitzt auf der Bank unter der großen Kastanie. Sein Gesicht ist grau, sein Kopf sieht aus wie ein zusammengeknülltes Blatt Papier. Die Schulter mit dem Schuss hängt etwas tiefer als die andere.

Ich beiße mir auf die Lippen. Jetzt muss ich also mit ihm reden. Neben ihm hergehen, während alle uns sehen. Ganz kurz wünsche ich mir einen anderen Vater. Einen Bulldozer, kein Papierknäuel. Aber dann bereue ich es schon.

»Heute ist erst der vierte Schultag«, sagt die Lehrerin ernst, »und in der Zeit hat Finn schon fünf Kinder geschubst, zwei von den Kleinen festgebunden und allein heute hat er sieben Kinder mit einem Stock auf den Kopf geschlagen.«

»Das war kein Stock«, sagt Finn, »das war mein Gewehr.«

Dex und Joey spielen draußen, während Papa, Finn und ich mit Frau Vervelde reden. Sie ist neu an der Schule, also kenne ich sie nicht. Die Stühle, auf denen wir sitzen, sind ziemlich niedrig, die Tische kleben. Willkommen in der Grundschule.

»Natürlich habe ich Finn auf sein Verhalten angesprochen«, sagt Frau Vervelde.

Ich frage mich, ob man das auf der Grundschullehrerinnenschule lernt. Zu sagen, dass man jemanden auf sein Verhalten anspricht.

»Und da hat er mir erzählt, er sei Soldat, und zwar nicht nur in der Schule, sondern auch zu Hause. Das gehöre zu seiner Erziehung. Er müsse jeden Tag marschieren und Feldzüge unternehmen, weil er sonst nichts zu essen bekäme.«

»Hmmm«, macht mein Vater. Sein Gesicht ist jetzt noch grauer.

»Das ist seltsam«, sage ich. »Ich werde auch noch mal mit ihm reden. So soll er sich natürlich nicht verhalten.«

»Nein.« Frau Vervelde schaut streng. »Zum Glück ist noch nichts Ernsthaftes passiert. Aber wir hatten schon eine dicke Lippe und ein paar blaue Flecken. Natürlich ist mir bekannt, dass Sie einen schlimmen Sommer hatten. Aber Finns Verhalten muss sich wirklich ändern.«

Mein Vater und ich nicken eifrig. Unter dem Tisch trete ich Finn gegen das Schienbein, und dann nickt auch er eifrig.

»Wir werden noch mal ein ernstes Wort mit ihm wechseln«, sage ich. Ich finde, das klingt, als würde man es auf der Elternschule lernen.

Nachdem wir alle zusammen um die Ecke gebogen sind und die Schule außer Sichtweite ist, brülle ich: »Soldaten, GEBT ACHT!« Ich schaue zu Joey und flüstere: »Das bedeutet, dass man aufpassen muss.«

Sofort stehen sie stramm.

»Soldat Finn!«, sage ich streng. »Warum hast du andere Kinder mit einem Stock auf den Kopf geschlagen?«

»Das war kein Stock, Frau General!« Finn steht kerzengerade, das Kinn hochgereckt. »Das war ein Gewehr, Frau General!«

Ich nicke. »Guter Punkt. Warum hast du andere Kinder mit einem Gewehr auf den Kopf geschlagen?«

»Das waren die Verbrecher, Frau General! Sie hatten Messer und Pistolen und da habe ich Hackfleisch aus ihnen gemacht!«

Ich sehe sie dort in Reih und Glied stehen und will sie am liebsten umarmen. Meine eigene Privatarmee mit ihren Strubbelhaaren und mit Händen, die aussehen, als hätten sie gerade eine Kuhle bis nach Australien gegraben.

»Jetzt mal gut zuhören!«, rufe ich. »Alle Kinder auf eurer Schule sind auch Soldaten! Ihr seid alle in derselben Armee. In der Schule gibt es keine Verbrecher, nur Kameraden. Soldat Finn, begreifst du, dass du andere Soldaten nicht auf den Kopf schlagen darfst? Begreifst du, dass du sie beschützen sollst?«

»Jawohl, Frau General! Ich werde sie beschützen, Frau General!« Er zieht die Nase kraus. »Aber was ist mit Frau Vervelde?«

»Echt jetzt?«, frage ich. »Hast du Frau Vervelde auch auf den Kopf geschlagen?«

»Das ging nicht, Frau General! Sie ist zu groß, Frau General.«

Ich sehe, dass sich das Gesicht meines Vaters kurz entspannt. Aber dann schaut er wieder, als würde er den Alarmknopf suchen.

»Frau Vervelde«, sage ich ernst zu Finn, »ist dein – Oberst, also musst du ihr gehorchen. Und du, Joey, du gehorchst Oberst Yilmaz. Dex, du gehorchst Oberst Koch. Habt ihr das verstanden, Soldaten?«

»Jawohl, Frau General!«

»In Ordnung! Einrücken und vorwärts MARSCH!«

Sie salutieren, machen eine Vierteldrehung und fangen an zu marschieren.

Mein Vater und ich folgen ihnen schweigend. Und plötzlich denke ich: Wäre es nur schon morgen Nacht. Ich will Sven erzählen, was passiert ist.

Sven

GLEICH KOMMT YVONNE zum Training. Alaska trägt schon ihr Geschirr und tänzelt vor Vorfreude hin und her.

Ich dachte, das würde mir mächtig stinken: erst die ganze Woche zur Schule und dann freitagnachmittags noch eine ganze Stunde Hundetraining. Aber es stinkt mir gar nicht, denn heute Morgen wurde es mir plötzlich klar: Yvonne weiß, wem Alaska vorher gehört hat.

Sie kennt das Mädchen mit der Biwakmütze.

Tiere achten nicht auf Äußerlichkeiten – Alaska ist der lebende Beweis dafür. Yvonnne ist riesengroß und massig und trägt immer mindestens fünf verschiedene Farben gleichzeitig. Aber das Tier betet sie geradezu an.

Sobald Yvonne hereinkommt, tut Alaska so, als sei sie der beste Assistenzhund der ganzen Welt. Und idiotischerweise kann ich das sogar verstehen. Klar – die kolossalen bunten Schaukeltitten lenken ziemlich ab, aber Yvonne ist die Chefin, und das spürt man.

Es gibt ja diese Typen in schnittigen Anzügen, die die ganze Zeit total ihr Bestes geben und einen auf cool machen. Aber Yvonne steht einfach nur da, die Füße fest auf dem Boden, als hätte sie Wurzeln geschlagen. Vollkommen entspannt. Und man tut, was sie sagt.

Erst gehen wir hinaus um »Alaska, sitz« und »Alaska, lauf« zu üben. Und »Schön an der Leine gehen und nicht ziehen« – laut Yvonne muss vor allem ich das lernen.

Ich verabscheue es noch immer zutiefst, neben so einer Assistenzhunddecke ausgestellt zu werden. Ständig fragen einen die Leute alles Mögliche. Und obwohl überlebensgroß NICHT STREICHELN auf der Decke steht, fangen sie sofort an, dem Tier zuzuzwitschern: »Ja, ja, ich weiß, ich darf dich nicht streicheln, aber du siehst so süß aus, da kann ich einfach nicht widerstehen – haha.«

Es ist ganz einfach: Einen Assistenzhund ignoriert man.

Und nein, daran ist überhaupt nichts Schlimmes.

Man kneift einem Polizisten, der den Verkehr regelt, doch auch nicht in die Wange? Oder kitzelt den Piloten im Flugzeug mal kräftig unter den Achseln? Na ja, das hier ist nicht anders. Wenn sie ihre Decke trägt, arbeitet sie. Und dann wartet sie bestimmt nicht darauf, von jedem Halbidioten betatscht zu werden.

»Sag mal ...« Als wir eine Weile geradeaus gegangen sind, wende ich mich an Yvonne. »Wo hat Alaska eigentlich früher gewohnt?«

Yvonne zieht ihre nachgezogenen Augenbrauen hoch. »Aha? Jetzt plötzlich bist du neugierig?«

Sie ist also nicht nur eine Hundeflüsterin. Heimlich ist sie auch eine Menschenflüsterin. Sie durchschaut mich sofort.

Ich zucke die Schultern. »Ich frage mich eben, ob sie bei einem alten Kerl gewohnt hat oder zum Beispiel bei äh ... Kindern?«

Yvonne lacht. »Die waren sogar zu viert. Ich habe die gesamte Familie einmal im Wald getroffen. Ein Mädchen in deinem Alter und drei kleine Jungen, die ununterbrochen rumbrüllten. Ich hatte gehört, dass sie ein neues Zuhause für Alaska suchten, und da habe ich ihnen natürlich erzählt, dass ich Assistenzhunde für Kinder trainiere. Das fanden sie sofort eine großartige Idee.«

»Und das Mädchen ...«, sage ich, »hatte die zufällig auch einen Namen?«

Yvonne bleibt stehen und sieht mich scharf an.

Nun mach schon, denke ich, sags endlich!

Ich habe schon drei Mal von ihr geträumt, ich erzähle ihr so ziemlich alles von mir und heute Nacht kommt sie wieder.

Und noch immer habe ich nicht die geringste Ahnung, wer sie ist.

Aber Yvonne schüttelt den Kopf. »Alaska ist jetzt dein Hund«, sagt sie ganz ruhig. »Ihre früheren Besitzer fanden es schrecklich, Abschied von ihr zu nehmen, aber das ist jetzt vorbei. Komm, wir haben noch mehr zu tun.«

»Ich frage ja bloß, wie sie heißt! Nur ihren Vornamen, was ist denn schon dabei?«

»Wir machen drinnen weiter. Habt ihr noch mit der Medikamententasche geübt?«

Das restliche Hundetraining über bin ich extrem schlecht gelaunt.

Ich kann es einfach nicht vergessen: Alaska ist mit drei schreienden kleinen Jungen durch den Wald gerannt. Ohne dieses idiotische Geschirr, ohne Aufträge und Kommandos und Arbeit.

Und danach hat das Biwakmädchen sie natürlich gestreichelt. Jeden Tag, endlos, quer durch alle Flutwellen hindurch.

Ich trete gegen die Wand, denn ich bin mir ganz sicher: Alaska war viel lieber bei ihr als bei mir.

PARKER

DIE GANZE WOCHE war ich noch nicht auf Gangsterjagd.

Jeden Nachmittag fiel mir eine andere Ausrede ein, aber jetzt habe ich keine mehr. Ich weiß, dass Gangster kindisch klingt, aber deshalb ist es genau richtig. Wenn ich Gangster sage, denke ich an eine Art Panzerknacker in schwarz-weiß gestreiften Pyjamas. Nicht an die beiden Männer in unserem Laden. Den kleinen mit dem Messer und den großen, der geschossen hat.

Ich sitze am Anfang der Fußgängerzone auf einem Mäuerchen. In den Händen halte ich ein Buch, aber ich lese nicht. Ich schaue mir die Schuhe von allen Männern an, die vorbeigehen.

Die Polizei sagt, sie tue ihr Bestes. Sie haben die Bilder der Überwachungskameras studiert und was sie wissen, ist Folgendes: Die Männer trugen schwarze Adidas-Trainingshosen, schwarze Kapuzenpullis einer unbekannten Marke und schwarze Biwakmützen. Mehr konnte man auf den Bildern nicht erkennen. Mehr hat meine Mutter auch nicht gesehen. Und was mein Vater gesehen hat, weiß niemand. Auch er selbst nicht. In seinem Gedächtnis ist ein Loch.

In den vergangenen Wochen habe ich Hunderte Paar Schuhe studiert. Natürlich habe ich der Polizei von den schwarzen Sneakers mit den roten Flammen in der Sohle erzählt. Sie wissen jetzt genau, welche Air Jordans der Große mit der Pistole getragen hat. Aber nur ich weiß, wie diese Schuhe in Wirklichkeit ausgesehen haben. Nicht neu aus dem Karton, sondern an den Füßen dieses Mannes.

Einen Riesenfehler haben die beiden immerhin gemacht. Als sie auf die Straße rannten, haben sie sich draußen sofort die Biwakmützen vom Kopf gezogen. Man fällt ja schon ziemlich auf, wenn man damit über die Straße läuft. Sie haben die Mützen in die Taschen ihrer Trainingshosen gestopft, aber bei einem von ihnen hat das nicht ganz geklappt. Seine Biwakmütze ist auf den Boden gefallen.

Die Polizei hat sie später auf der Straße vor dem Laden gefunden. Sie haben sie mit den Bildern der Überwachungskameras verglichen und gesehen, dass die Mütze dem Mann mit der Pistole gehörte. Ein paar Haare waren darin, also haben sie jetzt seine DNA.

Aber was hilft das? Sie können sich schließlich nicht von jedem Mann im Land DNA beschaffen. »Hallo, wir wollen nur kurz schauen, ob Sie ein Verbrecher sind.« Solange es keinen Verdächtigen gibt, hat man nichts von einer dreckigen Mütze mit Haaren. Und darum sitze ich hier. Auf dem Mäuerchen. Und sehe mir Schuhe an.

Alle dreißig Sekunden bin ich mir sicher, dass ich in Ohnmacht falle. Dass mein Herz zerspringt und mein Gehirn nicht mehr durchblutet wird. Alle dreißig Sekunden denke ich: Ich will hier weg – aber dann bleibe ich doch. Ich drücke die Hände so fest ich nur kann auf die rauen Steine.

Heute Nacht darf ich Alaska wieder streicheln, sage ich mir. Wenn ich es hier eine Stunde lang aushalte, ist das meine

Belohnung. An Sven denke ich nicht. Nicht an seine blauen Husky-Augen, nicht daran, wie er sich die Haare aus der Stirn streicht, nicht an den Klang seiner Stimme, wenn er von seinen Anfällen erzählt.

Manchmal schaue ich kurz in die Gesichter statt auf die Schuhe, aber dann huscht mein Blick schnell wieder nach unten. Ich verstehe es einfach nicht. Wie können all diese Leute so entspannt herumlaufen? Ihre Gesichter sind nicht vor Angst verzerrt, nirgends ist ein Alarmknopf in der Nähe, und auf ihren Handys ist nicht schon die Notrufnummer eingetippt. Sehen sie sich denn nie die Nachrichten an?

Vielleicht ist ihnen egal, ob sie leben oder tot sind. Vielleicht gehören sie ja zu den Gangstern und denken sich: In dieser Welt sollte man besser dafür sorgen, dass man eine Pistole in der Hand hält.

Sven

MITTEN IN DER NACHT schrecke ich auf. Mein träger Kopf ist plötzlich glasklar.

Wie blöd kann man sein!

Über das Biwakmädchen weiß ich nichts, außer dass sie in die achte Klasse geht und nachts mit dem Rad zu mir fährt. Das ist wirklich nicht genug, um sie im Internet zu finden.

Aber einen Überfall vor fünf Wochen, hier in der Stadt, bei dem einem Ladenbesitzer in die Schulter geschossen wurde und die Täter noch immer auf der Flucht sind – das kann ich natürlich einfach googeln.

Auf meinem Handy ist es fünf nach zwei mitten in der Nacht. Wenn es so läuft wie die letzten Male, ist sie in weniger als einer halben Stunde hier.

Ich öffne Google.

Es ist ganz schön uncool, dass ich sofort außer Atem bin, dass sich meine Finger erst drei Mal vertippen.

Ich klicke auf die Lupe. Und dann finde ich es sofort.

BESITZER VON FOTOFACHGESCHÄFT MONTIJN BEI BEWAFFNETEM ÜBERFALL VERLETZT.

Ich will weiterlesen, aber meine Augen bleiben an dem

Namen Montijn hängen. Ein Name, den ich noch nie gehört hatte – bis zu dieser Woche.

Jede Schulstunde fängt damit an, dass die Anwesenheit geprüft wird. Die Lehrer lernen unsere Namen, indem sie sie tausendmal wiederholen. Sven Beekman. Sol Louakili. Ziva de Vries.

Parker Montijn.

Das Mädchen, das in der allerersten Stunde angefangen hat zu bellen.

Ich schaue zu Alaska und in meinem Kopf schieben sich zwei völlig verschiedene Welten langsam übereinander.

Das magere stille Mädchen aus meiner Klasse – und die dunkle Gestalt mit der Biwakmütze. Das bellende Mädchen vom Tag – und das streichelnde Mädchen aus der Nacht.

Das ist totaler Unfug. Es passiert öfter, dass Leute denselben Nachnamen haben.

Allerdings ist da noch etwas: Wir wohnen jetzt schon den ganzen Sommer hier, ohne dass das Biwakmädchen je vorbeigekommen ist. Und dann Montagnacht, nach dem allerersten Schultag, ist sie plötzlich da.

Ist das Zufall?

Ich muss es jetzt wissen.

Ich setze mich gerade hin und schaue wieder zu Alaska. Im Ernst, ich bin nervös.

Und dann fange ich an zu bellen.

»Waff waff wuff, waff waff wuff ...«

Ich habe noch nicht mal die Hälfte der ersten Zeile geschafft, als Alaska aufspringt. Schwanzwedelnd kommt sie angerannt, stellt die Vorderpfoten auf meine Bettdecke und reckt die Schnauze in die Luft. »Waff, wuff, waff, wuff, waaaaff …«

Sie kann es. Sie kann Jingle Bells bellen.

Ehe ich weiterdenken kann, stürmt meine Mutter ins Zimmer. Zerzauste Haare, zerknittertes Nachthemd.

»Sven?« Sie sieht mich im Bett sitzen und bleibt wie angewurzelt stehen. »Ich habe Alaska bellen hören! Ich dachte, du hättest …«

In Gedanken starren mich die Löcher in der Biwakmütze an.

Es gibt also gar kein mysteriöses Mädchen, das mich anlacht, während wir die Steilküste entlangfahren.

Hinter den schwarzen Löchern verbargen sich die ganze Zeit bloß die Augen von Parker aus der 7b.

»Was ist passiert?«, fragt meine Mutter. »Warum hat Alaska gebellt?«

Ich streiche mir die Haare aus den Augen und fluche lautlos. Das bellende Mädchen aus meiner Klasse weiß alles über mich …

»Sven? Was ist los?«

Ich halte mein Handy hoch. »Ich habe bloß Angry Birds gespielt, weil ich nicht schlafen konnte. Aber der Ton war noch an, und da hat sie plötzlich angefangen zu bellen …«

Das sind diese herrlichen Momente, in denen Mütter glänzen können. Weil sie wissen, dass sie recht haben und dass

Hunderte von Wissenschaftlern auch ihrer Meinung sind. Denn nach dem blauen Bildschirmlicht ist natürlich auf gar keinen Fall mehr an Schlaf zu denken. Und zu wenig Schlaf führt zu zusätzlichen Anfällen und dann ...

Oh, mein Gott, kann ich nur denken, verschwinde doch endlich! Sonst sind wir hier immer noch mit Erziehungskram zugange, wenn das Biwakmädchen –

Nein, eben nicht das Biwakmädchen.

Parker.

Wenn Parker the Barker hier reinkommt.

Ich balle die Faust.

Die ganze Zeit über hat sie gewusst, wer ich bin. Sie hat mich durch die Löcher ihrer Biwakmütze angeschaut und mich halb nackt in meinen Boxershorts daliegen sehen. Sie hat sich angehört, dass aus meiner ach so großartigen Idee nichts geworden ist, sie hat sich trösten lassen und sie hat Alaska gestreichelt.

Mann, es fühlt sich an, als hätte sie mein Funken sprühendes Gehirn voller Kurzschlüsse gesehen. Halb nackt, nur in Unterhosen.

Gleich wird sie hier wieder in ihren schwarzen Klamotten neben meinem Bett stehen. Und plötzlich weiß ich es: Ich werde ihr nicht erzählen, dass ich es herausgefunden habe. Sie glaubt, ein Geheimnis zu haben – tja, soll sie nur. Ich mag der Freak sein, der Alien mit der lädierten Hand, der den Rest seines Lebens in der Siebten hockt, aber heute Nacht gewinne ich.

Ich weiß jetzt, was Sache ist. Sie nicht.

PARKER

ZUM ERSTEN MAL sind die dunklen Straßen nicht leer.

Es ist Freitagnacht, und da ziehen nicht nur Gangster los, sondern auch Leute, die sich vergnügen wollen. Kleine Gruppen betrunkener Radfahrer schwanken über die Straße, und sofort fangen meine Hände wieder an zu zittern.

In den Nachrichten wurde heute Abend zehn Minuten lang über einen Anschlag berichtet. Eine Autobombe auf einem Platz voller Menschen. Dreizehn Tote, fast hundert Verletzte, Blutlachen, die einfach mit Sand gelöscht wurden.

Mein Vater ist aus dem Wohnzimmer gegangen, sobald die Nachrichten angefangen haben. Meine Mutter hat zugeschaut, ohne mit der Wimper zu zucken. Sie weiß, dass jemand übrig bleiben muss. Jemand, der hinschaut. Jemand, der im Laden steht. Jemand, der für die anderen sorgt.

Ich habe neben meiner Mutter auf dem Sofa gesessen und zu den verzweifelten Menschen im Fernseher gestarrt. Ich habe versucht, gut aufzupassen, denn wenn man das mal kurz nicht tut, weiß man schon nicht mehr, ob man sich nun die Guten oder die Schlechten anschaut. Ob die Blutlachen gewollt sind oder ob wir jetzt alle zusammen eine Minute lang schweigen sollen.

Hinter mir, in der Dunkelheit, höre ich jemanden rufen.

»Hey, Süße, wohin noch so spät abends?«

Ganz kurz schaue ich mich um. Zwei lachende Männer.

»Bist du nicht noch ein wenig zu jung für die Kneipe?«, ruft der andere.

Ich lege einen Zahn zu.

Wahrscheinlich haben sie keine Pistolen dabei. Wahrscheinlich tun sie mir überhaupt nichts. Aber woher weiß man vorher, wer schießt und wer nur auf dem Weg zu seiner Oma ist?

Keuchend betrete ich Svens Zimmer. So schnell ich kann, schiebe ich die Tür hinter mir zu und ziehe den Hebel mit einem Ruck nach unten. Völlig außer Atem streichel ich Alaska.

»Wurdest du verfolgt?«, fragt Sven kühl.

Er sitzt nicht in seinem Bett, sondern auf dem Schreibtischstuhl, die Füße auf dem Tisch. Er trägt einen Kapuzenpulli und schaut mich auf eine Weise an, die ich nicht verstehe. Während Alaska um mich herumtänzelt, fasse ich kurz nach meiner Biwakmütze – nein, mein Gesicht kann er wirklich nicht sehen.

»Da waren ein paar betrunkene Männer, die mir was hinterhergerufen haben.«

Alaskas warme Zunge leckt meine Hände, ihre schwarzen Augen strahlen in all dem Weiß. Was Hunde so großartig macht, ist, dass sie einen niemals leid werden. Nie denken sie: Parker habe ich diese Woche schon zwei Mal gesehen, jetzt ist es genug.

»Ach ja?« Sven klingt noch immer so kühl. »Was haben sie denn gerufen?«

»Sie haben gefragt, wohin ich so spät noch gehe. Und ob ich nicht zu jung für die Kneipe bin.«

Er zieht die Augenbrauen hoch. »Also waren es ziemlich vernünftige betrunkene Männer.«

Ich antworte nicht.

Ich lege Alaskas Ohr flach auf meine Hand und streichel es mit den Fingerspitzen. Ein dünnes Läppchen Hund, so weich, wie es nur geht.

»Von allen Gefangenen«, flüstere ich, »sind zweiundneunzig Prozent Männer. Und nur acht Prozent Frauen. Und bei den bewaffneten Raubüberfällen ist es noch schlimmer; die werden fast ausschließlich von Männern verübt.« Ich schaue hoch. Seine Schreibtischlampe ist eingeschaltet, seine blonden Haare leuchten. »Wusstest du das?«

»Nein«, sagt er. Und dann zuckt er die Achseln. »Ja und?«

Wie er dasitzt – das erinnert mich an einen Film, oder an sehr viele Filme: Der Schurke, der alle Fäden fest in der Hand hält, der die Mordaufträge erteilt, der sitzt genau so achtlos an seinem Schreibtisch, die Füße auf dem Tisch.

»Ja und?«, flüstere ich empört. »Ich verstehe einfach nicht, warum wir es normal finden, dass Männer ständig morden und stehlen und Bomben explodieren lassen.«

»Dann denk doch mal kurz nach«, sagt Sven. »Die allermeisten Ministerpräsidenten in Europa waren oder sind Männer. Männer haben Computer und Flugzeuge erfunden. Sie haben die Schwerkraft entdeckt und herausgefunden, wie die Evolution funktioniert. Wir führen die Welt schon seit Tausenden von Jahren – tja, dann machen wir vielleicht auch mal Fehler.«

»Wir?«

»Ja, wir Männer! Wir tun wenigstens was. Wenn man nichts tut, kommt man auch nicht ins Gefängnis. Schön einfach.«

Er sitzt da und schaut, als würde er in diesem Moment über die ganze Welt herrschen. Ein paar Zentimeter über dem Fußboden glänzt der rote Alarmknopf. Das Ding sieht aus wie der Buzzer in einer Quizshow. So ein Teil, auf das die Kandidaten draufhauen, wenn sie meinen, die richtige Antwort zu wissen.

Sven würde bestimmt von allen am festesten draufhauen. Selbst wenn er die Antwort überhaupt nicht weiß.

»Komm«, sagt er plötzlich, »wir gehen raus.«

Ich starre ihn an. »Raus?«

»Meine Mutter war gerade noch hier, sie hat Alaska bellen gehört. Ich muss die ganze Zeit daran denken, dass wir nicht zu laut sein dürfen – das nervt.«

Er steht auf. Sobald Alaska sieht, dass er sich die Schuhe anzieht, spielt sie völlig verrückt.

»Ja, Tier, komm schon her«, sagt er zu ihr, »du darfst auch mit.«

Ich sitze wie erstarrt auf dem Boden. Gehen wir wirklich nach draußen? Jetzt, sofort? Das geht nicht. Ich muss doch unbedingt flüstern, sonst erkennt er meine Stimme. Und ich will überhaupt nicht mitten in der Nacht mit Bulldozer-Sven spazieren gehen.

Aber ich kann ja schlecht allein in seinem Zimmer bleiben.

Sven schiebt die Tür auf. »Wir gehen zu dem Feld hinterm Haus.«

»Aber Alaska kann doch nicht über den Zaun?«, flüstere ich.

»Ich habe den Schlüssel von der Gartenpforte.«

Es fühlt sich an, als würde er von mir verlangen, in einen Abgrund zu springen. Einen Abgrund voller Verbrecher und Bomben und Schwerkraft. Aber schließlich kann ich nicht widerstehen. Mitten in der Nacht mit Alaska nach draußen zu gehen. Zusammen über ein riesiges Feld zu toben. Mit einem Stock zu spielen – und so zu tun, als sei sie noch immer mein Hund.

Sven

MEIN KOPF ZERSPRINGT fast. Wir müssen so weit wie möglich weg von den Häusern, damit ich schreien kann.

Noch nie bin ich mir dermaßen blöd vorgekommen.

Ja, nach einem Anfall langsam wieder aufzutauchen, das ist immer wieder grässlich. Überall schockierte Gesichter, während ich mir verwirrt zusammenreimen muss, was passiert ist, ob ich mich verletzt habe, wo ich liege, wer bei mir ist.

Aber dieses Mal hatte ich keinen Anfall. Ich war die ganze Zeit dabei, ich habe mit ihr geredet, ich kann mich an alles erinnern.

Sie hat mich einfach beschissen, während ich daneben stand. Oder nein: daneben lag. Halb nackt. Ich habe ihr erzählt, dass ich zu feige war, in der Schule etwas wirklich Tolles zu machen. Ich habe ihr erzählt, dass ich mir vorkomme, als würde ich auf dem Mars leben und müsste jedes Mal neu erklären, wie ich atme.

Und am nächsten Tag saß sie einfach wieder bei mir in der Klasse.

Wir schleichen uns durch den dunklen Garten, als wäre Krieg. Alaska weiß genau, was los ist. Wir spielen zu dritt ein Spiel, und bei diesem Spiel darf niemand bellen.

Ich öffne die Gartenpforte und lasse die Betrügerin mit Alaska an der Leine heraus. Sie will sie unbedingt festhalten, und das soll sie ruhig. Denn es ist das letzte Mal, dass sie sie sehen wird.

Hoch über uns steht ein kugelrunder Mond an einem tiefblauen Himmel. Es weht. Bald ist Herbst.

»Weißt du …« Ich flüstere, denn die Häuser sind noch viel zu nah. »Es kommt mir ganz schön schwierig vor, die Hälfte der Weltbevölkerung zu hassen. Gilt das auch für die Jungen in deiner Klasse?«

»Auf jeden Fall«, sagt sie sofort.

»Ach ja?«, frage ich, als würden wir übers Wetter reden. »Wieso denn?«

Sie seufzt. »Ständig schubsen sie und drängeln. Sie reden ununterbrochen über irgendwelche Typen, die auf YouTube Games spielen, und tun so, als wären sie witzig und cool. Aber eigentlich sind sie total kindisch und machen anderen das Leben schwer.«

»Alle?«

»Vor allem einer.«

Natürlich kann ich ihr Gesicht nicht sehen, aber ich spüre, wie sie zögert.

Sie läuft neben mir über das kahle Feld und ihr ganzer Körper zögert – aber gleichzeitig will sie nichts lieber als von diesem einen kindischen Jungen erzählen, der ihr das Leben schwer macht.

»Die ganze Klasse findet mich blöd«, flüstert sie. »Sie lachen mich aus, und das liegt alles an diesem einen Jungen.« Sie tritt in den Sand. »Ich muss wirklich nichts Besonderes sein. Keiner braucht zu jubeln, wenn ich reinkomme. Aber ich möchte auch nicht ständig lächerlich gemacht werden. Aus Versehen habe ich ein einziges Mal etwas Verrücktes gemacht, und jetzt halten mich alle für bescheuert.«

»Alaska kann hier von der Leine«, sage ich kurz angebunden.

Jetzt sind wir weit genug von den Häusern entfernt. Hier wächst schon Gras, und sogar ein paar Sträucher. Wenn nicht schnell gebaut wird, steht hier bald ein ganzer Wald.

Ich schiebe die Hände in die Taschen meiner Trainingshose. Ohne Straßenlaternen kann man das All sehen.

Und ja, klar, schon geht es wieder los. Parker the Barker, die findet, dass die ganze Welt verrottet ist, bloß sie nicht.

Jetzt, da ich Bescheid weiß, erkenne ich auch ihre Stimme. Sogar, wenn sie flüstert.

»Ich verstehe es einfach nicht«, jammert sie. »Warum so viele Menschen schlecht sind. Warum sie andere quälen und stehlen und morden und lügen ...«

»Und das fragst du mich?« Ich trete auch in den Sand. So feste, dass eine kleine Sandfontäne aufspritzt. »Ich lüge nicht schon die ganze Woche. Du schon. Du wusstest von Anfang an, wer ich bin.«

Stocksteif bleibt sie stehen. Im Mondlicht sind jetzt sogar die Löcher in ihrer Biwakmütze schwarz.

»Na komm schon, Barker!«, rufe ich. »Bell noch mal Jingle Bells, das machst du doch so gern?«

Ich glaube, sie hat aufgehört zu atmen.

Ich frage mich, was ich tun soll, wenn sie in Ohnmacht fällt. Ich habe mein Handy nicht dabei und der Alarmknopf ist weit weg.

Ich weiß auch nicht, was ich tun soll, wenn ich jetzt einen Anfall bekomme.

Oder na ja – überhaupt nichts, natürlich. Ich merke es ja nicht.

Es ist ein wenig so wie tot sein. Nur ist der Vorteil von tot sein, dass man nicht nach einer Weile wieder zu sich kommt, vollgesabbert und mit einer Gehirnerschütterung.

»Du weißt es?«, flüstert sie.

»Jetzt schon, ja.«

Ehe sie merkt, was ich vorhabe, ziehe ich ihr die Biwakmütze vom Kopf. Ihr Gesicht ist ein heller Fleck im Dunkeln. Große Augen, Haare, die ihr am Kopf kleben.

Schnell zieht sie das Gummiband aus den Haaren und bindet sich einen neuen Pferdeschwanz. Als würde das etwas zur Sache tun.

»Fandest du das witzig?«, frage ich laut. »Dass ich keine Ahnung hatte, wer du warst, und einfach nicht aufgehört habe zu reden? Hast du Ziva und Elin und den anderen schon alles erzählt?«

Sie schüttelt den Kopf. »So war das überhaupt nicht ...«

»So war es wohl! Du hast mit dieser Mütze auf dem Kopf in meinem Zimmer gehockt und so getan, als wüsstest du nichts von mir. Als könnte ich dir ruhig alles erzählen.«

»Ich habe dir doch auch alles Mögliche erzählt?«

»Bloß von diesem blöden Überfall.«

Alaska steht zwischen uns. Ich sehe, wie ihr weißer Kopf sich hin und her bewegt: von Parker zu mir, von mir zu Parker – als würde sie sich ein Tennisspiel anschauen.

Aber dieses eine Mal ignoriert Parker sie vollkommen.

»Dieser Überfall«, schreit sie, »ist zufällig das Wichtigste in meinem ganzen Leben!«

»Ja«, brülle ich zurück, »das ist mir schon klar! Und alle Männer sind schlecht und du weißt genau, wie viele im Gefängnis sitzen. Im Ernst, wie lange willst du noch darüber jammern?«

Ich streiche mir die Haare aus den Augen, aber sie wehen sofort wieder zurück.

»Manchmal passieren schlimme Sachen – deal with it! Die Schulter von deinem Vater ist wieder in Ordnung, ihr kauft euch eine besonders gute Alarmanlage und wenn ihr in zwei Monaten trotzdem noch Angst habt, verkaufen deine Eltern den Laden eben und machen etwas anderes. Wie schwierig kann das sein?«

»Wie schwierig kann das sein?« Ihre Stimme schallt hell und dünn über das Feld. »Diese Männer laufen noch immer frei herum. Und sie haben eine Pistole! Du solltest auch Angst haben. Alle sollten Angst haben!«

Ich seufze.

»Sieh dich mal um, Barker. Alle haben Angst. Oder sie haben nur mal kurz keine Angst – das ist nämlich so ziemlich dasselbe. Alle wissen, dass die Welt verdorben ist. Aber warum darfst du mehr Angst haben als alle anderen? Warum darfst du ständig darüber jammern und wir müssen einfach weitermachen mit dem Leben?«

Ganz still steht sie dort.

Alaska winselt. Sie drückt die Nase gegen mein Bein, dann gegen Parkers Hand. Dann gegen meine Hand und wieder gegen Parkers Bein.

»Sei froh«, sage ich, »dass du vor einem Mann mit einer

Pistole Angst haben kannst. Ich muss vor mir selbst Angst haben. Jeden Moment kann ich bewusstlos umfallen.«

Sie tritt einen Schritt zurück.

»Natürlich«, sagt sie. »Du bist schrecklich bedauernswert mit deinen Anfällen und deinem Aufzugschlüssel und dieser großartigen Sache, die nicht geklappt hat. Aber weißt du, was? Diese Epilepsie verändert nichts. Du bist gar nicht besonders. Du bist ein ganz normales Ekelpaket, das gleich am allerersten Schultag angefangen hat, andere fertigzumachen.«

»Was du nicht sagst! Und du hast gleich in der allerersten Stunde angefangen zu bellen.«

Sie nickt. »Ja, und wegen dir vergisst das keiner mehr. Du wolltest doch einen Gag landen, und genau das ist dir gelungen. Du hast dir den dämlichsten Spitznamen aller Zeiten einfallen lassen und jetzt finden sie dich alle cool. Aber wie sie mich finden, das ist dir vollkommen egal.«

Die Nacht beißt mir ins Gesicht. Der Wind nimmt immer mehr zu.

»Warum sollte mich kümmern, was die anderen von dir halten?«, schreie ich. »Ich habe genug mit mir selbst zu tun. Kapierst du das nicht? Jeder für sich!«

Kerzengerade steht sie da. Mager, in ihrem Rolli und den schwarzen Hosen.

»Und das«, sagt sie leise, »das ist genau das, was diese Männer auch dachten. Jeder für sich.«

Ich würde sie wirklich gern zusammenschlagen. Ich habe noch nie jemanden gekannt, der dermaßen übertreiben kann. Und schon die ganze Zeit rennt Alaska zwischen uns hin und her. Sie jault leise und ihre dunklen Hundeaugen glänzen im Mondlicht.

»Hör endlich auf so zu jaulen«, rufe ich. »Benimm dich normal, Tier.« Ich greife nach ihrem Halsband. »Wir gehen nach Hause.«

Parker hält noch immer die Hundeleine fest. Ich denke ja gar nicht daran, diese Betrügerin zu bitten, mir die Leine zu geben. Ich zerre Alaska einfach so mit.

»Lass sie los«, kreischt Parker, »du tust ihr weh!«

Würde man versuchen, ein Baby in Stücke zu hacken, würde sich die Mutter wohl ungefähr so anhören.

»Nenn Alaska nicht immer Tier«, ruft sie, »sie ist der liebste Hund auf der ganzen Welt. Und wenn du an ihrem Halsband reißt, dann tut ihr das weh. Was glaubst du eigentlich? Dass sie nur da ist, um dir zu helfen? Dass sie eine Art lebendiger Alarmknopf ist?«

»Ja«, sage ich, »genau das denke ich. Aber sie ist dümmer als so ein Knopf. Einem Alarmknopf braucht man nichts beizubringen. Und er kostet auch keinen Hundekuchen.«

Plötzlich durchzuckt ein messerscharfer Schmerz mein Bein. Ich stolpere nach vorn und greife mir mit beiden Händen ans Schienbein.

Parker hat mir einen knallharten Tritt verpasst.

»Komm mit«, ruft sie Alaska zu. »Wir gehen!«

Ich habe das Halsband aus den Händen rutschen lassen. Schwanzwedelnd rennt Alaska zu Parker.

Die nimmt sich nicht mal die Zeit, die Hundeleine festzuklicken, sie rennt einfach los.

»Du verdienst sie nicht!«, schreit sie. Ihre Stimme schallt über die dunkle Ebene. »Ich habe sie wenigstens gern!«

PARKER

ZUSAMMEN MIT ALASKA renne ich durch die Nacht. Mindestens tausendmal sind wir so zusammen durch die Welt getobt. Sie ist viel schneller als ich, aber sie rennt neben mir her, macht ab und an ein paar zusätzliche Sprünge, stupst mit der Schnauze meine Hand an, lacht mit ihrem schwarzen Maul.

Ich bin so wütend, dass ich nicht mehr denken kann. Ich hasse ihn – das ist das Einzige. Mein ganzer Kopf ist bis obenan voll damit: Ich hasse ihn. Ich hoffe nur, dass ich nicht umknicke, dass ich nicht hinfalle, dass ich eher bei meinem Fahrrad bin als er.

Die Biwakmütze liegt irgendwo auf dem Feld, der Wind weht mir durch die Haare, ich schaue mich kein einziges Mal um. Und dann höre ich ihn rufen.

»Alaaaska!«

Sie macht eine halbe Drehung in der Luft.

»Alaska, hierrr!«

Sie schaut kurz zu mir, schüttelt den Kopf, dass ihre Ohren schlackern, und dann rennt sie fröhlich zu Sven zurück. Und er läuft ihr entgegen – als wären sie zwei Liebende, die alle Streitereien vergessen haben und mit offenen Armen aufeinander zustürmen.

Außer Atem bleibe ich stehen. Mir ist eiskalt und glühend

heiß zugleich. Alaska gehörte acht Monate lang mir. Danach hat sie einen Monat bei Yvonne gewohnt, um alle Assistenzhundetricks zu lernen. Und jetzt wohnt sie seit drei Monaten bei Sven.

Drei Monate erst.

»Alaaaaaska!«, rufe ich, so laut ich nur kann. Die kalte Nacht füllt meine Lunge. »Komm, mein Mädchen!«

Ich sehe, wie der weiße Flecken in der Ferne innehält. Einen Moment lang passiert nichts. Und dann rennt sie wieder in meine Richtung. Schlackerndes Fell, hin und her peitschender Schwanz.

»Alaska, hier!«, ruft Sven laut.

»Nein«, schreie ich sofort, »hier!«

Auf einmal ist er so nah, dass ich sein Gesicht erkennen kann. Seine Haare sind zerzaust, genau wie ich ist er außer Atem. »Heißt das etwa, du willst wirklich sie entscheiden lassen?«

Noch immer halte ich die Hundeleine in der Hand, aber ohne Alaska kann ich nichts damit anfangen. Irgendwo zwischen uns bleibt sie stehen. Sie versteht die Welt nicht mehr.

Natürlich will ich sie nicht entscheiden lassen, das wäre gemein. Und gleichzeitig ist es genau das, was ich will. Ich will sie wählen lassen, weil ich sie lieber habe – und das weiß sie. Ich kenne sie viel länger und ich habe sie so gut erzogen, dass Yvonne sofort gesehen hat, dass Alaska Assistenzhund werden kann. Ich nenne sie nicht Tier, ich streichle sie, sooft sie nur will, und ich falle nie sabbernd und zuckend auf den Fußboden.

»Okay«, sage ich. »Wir lassen sie entscheiden. Und derjenige, für den sie sich entscheidet, der bekommt sie.«

»Deal«, sagt Sven.

Mir ist schwindlig. Es fühlt sich an, als sei das hier das Ende. Alaska entscheidet sich, und danach kommt nichts mehr.

»Wie machen wir es?«, fragt Sven.

In einem Film habe ich mal ein Duell gesehen. Zwei Männer mit Pistolen standen mit dem Rücken zueinander, gingen zwanzig Schritte oder so, drehten sich dann um und schossen. Der eine traf. Der andere starb.

»Wir gehen in entgegengesetzte Richtungen«, sage ich. »Wir rufen nichts, wir gehen einfach. Und dann sehen wir, wem sie folgt.«

»Gut, einverstanden.«

»Aber du darfst nicht in Richtung deines Hauses gehen, das wäre nicht fair.«

»Okay«, sagt er. »Ich gehe Richtung Hochhäuser, da hinten, du gehst zu den Bäumen.«

Alaska hat gehört, dass wir uns nicht mehr laut anschreien, und schnüffelt jetzt in aller Ruhe an der Erde zwischen uns.

»Bei drei gehen wir los«, sagt Sven.

Ich packe die Leine fester. »Wir rufen ihr nichts zu. Wir gehen, ohne etwas zu sagen.«

»Und wir schauen, für wen sie sich entscheidet.«

»Eins …«, ruft Sven.

»Zwei«, sage ich.

»Drei!«, rufen wir zusammen.

Gleichzeitig gehen wir los, die Rücken zueinandergekehrt. Das hier ist wirklich eine Art Duell. Ich weiß nicht, was besser ist – langsam gehen, damit ich länger in Alaskas Nähe bleibe, oder gerade rennen und hoffen, sie rennt mit.

Mit hämmerndem Herzen gehe ich über das verlassene Feld. Immer wieder schaue ich mich um und stolpere fast über ein Stück Holz. Meine Hände sind kalt. Ich will rufen, aber ich tue es nicht. Sie wird sich sowieso für mich entscheiden. Wie sie sich immer gefreut hat, wenn ich durch die Schiebetür gekommen bin! Sie hört jeden Tag, wie Sven mit ihr spricht – sie weiß, dass er sie nicht ausstehen kann.

Und dann sehe ich, wie sich der weiße Fleck bewegt.

Im Dunkeln kann ich erst nicht richtig erkennen, in welche Richtung sie läuft. Einen Moment denke ich noch: Vielleicht rennt sie ein wenig hin und her, vielleicht zweifelt sie, vielleicht nimmt sie Abschied von ihm.

Aber der weiße Fleck wird immer kleiner. Sie kommt nicht mehr zurück.

Alaska hat sich für Sven entschieden.

Sven

SAMSTAGMORGEN ist alles wie immer und trotzdem ist alles anders.

Ich hatte wieder einen Anfall, aber ich musste nicht ins Krankenhaus. Als es passierte, saß ich gerade neben Alaska auf dem Fußboden. Sie hatte dermaßen hysterisch gejault, dass ich nachgeschaut habe, ob ihr was fehlt. Ein geschwollenes Gelenk oder ein Dorn in einem der grauen Pfotenkissen oder ein verstauchter Schwanz – was weiß ich.

Als ich wieder zu mir komme, liegt sie neben mir und hechelt. Was ist das doch mit Hunden? Auch wenn sie nicht außer Atem sind, hecheln sie.

Jedes Mal, wenn ich auf den Fußboden knalle, muss sie zwei Sachen machen: auf den Alarmknopf drücken und sich neben mich legen. Sobald ich wieder zu mir komme, flippt sie völlig aus. Sie weiß schließlich, dass jetzt ihre Belohnung kommt: schwarzbraune Fleischkekse aus der am besten verschlossenen Dose der Welt. Die Dinger stinken, als hätte jemand vor drei Wochen eine Kuh zerteilt.

Aber Yvonne sagt, es würde nicht um diese Kekse gehen.

Es geht darum, dass ich wieder da bin, dass der Kurzschluss

vorbei ist. Ihrer Ansicht nach haben Alaska und ich eine besondere Verbindung. Während eines Anfalls wird diese Verbindung unterbrochen und das ist das Schlimmste, was einem Assistenzhund passieren kann: ein Herrchen, das nicht mehr reagiert.

Allmählich sehe ich den weißen Kopf wieder schärfer.

Den hechelnden rosa Waschlappen. Die nasse schwarze Lakritznase.

Sie schaut mir ins Gesicht und wartet. Bis die Verbindung wieder da ist.

In einem Krankenwagen aufzuwachen ist grässlich. Dann weiß ich überhaupt nicht, wo ich bin, und gerate in Panik. Manchmal schreie ich. Manchmal schlage ich um mich und versuche, mir die Infusion aus dem Arm zu ziehen.

Aber wenn Alaska neben mir liegt, weiß ich, dass alles in Ordnung ist.

Ich schaue sie an und denke an vergangene Nacht.

Ich kann es noch immer nicht glauben.

Sie weiß, dass ich Anfälle bekomme. Sie weiß, dass sie bei mir ein idiotisches Deckchen tragen muss, dass ich oft genug miese Laune habe, dass es jeden Moment schiefgehen kann.

Und trotzdem will sie bei mir bleiben.

Sie hat sich für mich entschieden.

PARKER

DAS GANZE WOCHENENDE über ist mir schlecht. Dort auf dem dunklen Feld dachte ich: Alaska entscheidet sich, und danach kommt nichts mehr. Und ich hatte recht. In meinem Bauch spüre ich jetzt die Leere.

Drei Nächte lang hatte ich sie fast wieder. Meine Hände wussten gerade wieder, wie es sich anfühlte, sie zu streicheln. Und jetzt habe ich alles verdorben. Sie hat uns beide weggehen sehen: mich und Sven. Und dann hat sie sich für ihn entschieden.

Während ich mir auf dem Computer Fotos von allen Golden Retrievers auf der Welt anschaue, muss ich an einen Jungen in meiner Grundschule denken, dessen Eltern ständig Streit hatten. Als er in der dritten Klasse war, haben sie sich endlich scheiden lassen. Aber sie haben nicht aufgehört sich zu streiten. Über das Haus und darüber, wie alle Sachen verteilt werden sollten. Und darüber, wie sie die Kinder aufteilen sollten. Eines Tages erzählte der Junge im Stuhlkreis, seine Mutter habe gebrüllt, dass er sich dann eben entscheiden müsse: Wollte er bei seinem Vater wohnen? Oder bei ihr?

Ich sehe sein Gesicht noch immer vor mir. Sein Kopf war nicht über und über mit weißen Haaren bedeckt, das Klassenzimmer war nicht dunkel und er stand keine 20 Meter von mir entfernt. Also konnte ich sein Gesicht ganz genau sehen.

Ich weiß es also. Wie Alaska geschaut haben muss vergangene Nacht. Als sich ihr Kopf zwischen Sven und mir hin und her bewegte. Als ihr klar wurde, dass sie sich entscheiden musste.

Sonntagabend stelle ich den Wecker nicht auf zwei Uhr nachts. Das ist jetzt vorbei. Noch nie fand ich es so schlimm, eine ganze Nacht in meinem Bett zu liegen. Ich kann nicht schlafen. »Auch wenn man nur wach im Bett liegt, ruht man sich aus«, sagte meine Mutter früher immer.

Das war, bevor sie Schlaftabletten nahm.

Montagmorgen sitze ich wieder neben dem Poster vom Eiffelturm im Regen. Während ich den Inhalt meiner Federmappe von groß nach klein sortiere, warte ich auf niemanden. Aber als Sven den Klassenraum betritt, weiß ich plötzlich nicht mehr, wie man normal auf einem Stuhl sitzt. Er geht an mir vorbei und ich kann es nicht lassen: Blitzschnell checke ich, ob er neue Pflaster oder einen Verband hat.

Nichts. Auch der Verband um seine verletzte Hand ist weg.

Ehe er sich hinsetzt, sieht er mich zwei Sekunden lang an. Und danach ignoriert er mich vollständig. Ich mache genau dasselbe. Er sagt »Bonjour, je m'appelle Sven« zu Benjamin, ich sage »Ça va bien, merci« zu Claire. Er nennt mich nicht Barker, ich erzähle niemandem, dass er sich fühlt wie ein Junge auf dem Mars, er sagt nichts über den Überfall. So wird es also ab jetzt sein.

Aber in der kleinen Pause geht es schief.

Sven sitzt mit Benjamin auf einer Bank an der einen Seite der Pausenhalle, Elin und ich sitzen auf der Fensterbank auf der anderen Seite. Meine Augen sollten einfach auf mein Käsebrot gerichtet sein. Aber jede halbe Minute schießt mein Blick kurz zu Sven hinüber.

Darum sehe ich, wie er fällt.

Sein Körper erstarrt und mit einem kurzen Aufschrei knallt er wie ein Brett zu Boden. Dadurch merkt die ganze Halle sofort, dass etwas los ist. Totenstill liegt er ausgestreckt auf dem Fußboden. Und dann fängt er an zu zucken.

Elin und ich rennen zu ihm – und alle anderen auch. Ein paar Sekunden später ist Sven von einem riesigen Schülerkreis umringt. Letzte Woche hat er dreimal einen kleinen Anfall gehabt, sein Gespensterlachen versetzt uns nicht mehr in Panik.

Aber das hier ist anders.

Er atmet unregelmäßig. Seine Augen sind verdreht und seine Arme und Beine zucken heftig. Ich habe mal aus Versehen einen Ausschnitt von einem Film gesehen, in dem jemand gefoltert wurde: Ununterbrochen bekam der Mann Elektroschocks. So sieht Sven jetzt auch aus.

»Er blutet aus dem Mund!«, ruft Benjamin.

Mir ist schwindlig.

Svens Kopf knallt bei jedem Zucken erneut auf die schwarz-weißen Fliesen. Sei froh, hat er Freitagnacht gesagt, dass du vor einem Mann mit einer Pistole Angst haben kannst. Ich muss vor mir selbst Angst haben. Ich sehe den blutigen Schaum auf seinen Lippen und verstehe auf einmal, was er meint. Fieberhaft versuche ich, mich daran zu erinnern, was auf diesen Kopien stand – den Kopien über Epilepsie, die er am allerersten Tag ausgeteilt hat.

»Wir müssen ihm etwas unter den Kopf legen«, rufe ich – aber niemand hört mir zu.

Lehrer kommen angerannt. Elin weint, ein Junge filmt das

Ganze mit seinem Handy, ein paar Schüler schreien und mindestens drei von ihnen rufen den Notarzt, obwohl auf diesen Kopien steht, man solle erst anrufen, wenn der Anfall länger als fünf Minuten dauert. Aber wenn sie es nicht getan hätten, würde ich es machen.

Mit zitternden Händen ziehe ich meinen Pullover aus. Ich knie mich neben Sven. Ich tue so, als hätte ich keine Angst, und schiebe ihm meinen Pulli vorsichtig unter seinen zuckenden Kopf. Ansonsten fasse ich ihn nicht an – man darf ihn während eines Anfalls nicht festhalten. Das Zucken lässt sich so nicht stoppen, man kann ihm damit höchstens wehtun.

Ich weiß, dass mein Kopf hieraus einen neuen Film für Leute über vierzig machen wird. Svens weggedrehte Augen sehen niemanden an, sein Gesicht ist verzerrt. Das ist nicht Sven, sage ich zu mir selbst – das hier ist nur sein verkrampfter Körper. Sein Blut tropft auf meinen Pulli, aber er merkt nichts davon.

Oder vielleicht doch?

Ein paar Lehrer vergrößern den Kreis, damit Sven mehr Platz hat. Ihre Stimmen klingen nervös. Sieh dich mal um, hat Sven Freitagnacht im Dunkeln geschrien, alle haben Angst. Still bleibe ich neben ihm auf dem Fußboden sitzen. Am liebsten würde ich so schnell wie möglich wegrennen, aber ich tue, was Alaska tut: Sie bleibt bei ihm. Sie sieht ihn zucken, sie hört ihn stöhnen, aber sie bleibt.

Schließlich geht der Anfall vorbei.

Hat er drei Minuten gedauert? Sieben? Fünfzehn? Ich habe keine Ahnung. Sven liegt reglos neben mir. Er atmet röchelnd, sein Körper ist schlaff und er sieht blass aus.

Herr Hoppenbrouwers kniet neben uns und schaut mich an. »Wir können ihn jetzt auf die Seite drehen«, sagt er leise. »Damit er sich nicht verschluckt.«

Gemeinsam drehen wir ihn vorsichtig herum. Sven hat schon einmal meine Schultern berührt – und jetzt berühre ich seine. Ganz kurz lasse ich meine Hand dort liegen. Er stöhnt, sein Blick ist vage. Aber plötzlich will er sich aufsetzen.

»Ganz ruhig«, sagt Herr Hoppenbrouwers. »Du hattest einen Anfall ... Alles ist in Ordnung, bleib noch kurz liegen.«

Aber Sven will sich unbedingt aufsetzen. Er ist durcheinander, das sehe ich. Er hat keine Ahnung, wo er ist.

Und dann öffnet sich der Schülerkreis. Zwei Sanitäter kommen angerannt, einen Erste-Hilfe-Koffer in der Hand. Sie übernehmen jetzt.

Sie fühlen Svens Puls und reden mit Herrn Hoppenbrouwers. Dann beratschlagen sie sich. Ich stehe auf und trete schweigend zurück. Ich sehe Svens Gesicht. Die Verwirrung darin. Seine völlige Ohnmacht. Er kann nicht erklären, was mit ihm los ist, also entscheiden sie alles. Sie glauben nicht, dass er sich etwas gebrochen hat, sie stellen fest, dass er sich auf die Zunge gebissen hat und nur darum blutet, aber sicherheitshalber nehmen sie ihn trotzdem mit.

Er muss auf eine Trage, aber das will er nicht – er versteht es nicht. Ich wollte, ich würde mich trauen, seine Hand zu nehmen und ihm zu sagen, dass es okay ist. Dass er jetzt zwar ins Krankenhaus muss, aber dass danach, zu Hause, Alaska auf ihn wartet.

Aber er ist wütend auf mich. Ich habe ihn zum Narren gehalten mit meiner Biwakmütze und er findet, dass ich mich mächtig anstelle. Während seines Anfalls konnte ich dafür sorgen, dass er sich den Kopf nicht anschlägt. Aber trotzdem will er jetzt natürlich nichts mehr mit mir zu tun haben.

Ich sehe, wie er auf der Trage weggerollt wird. Sobald die Schultür hinter ihm zuschlägt, fangen alle um mich herum aufgeregt an zu tuscheln. Ich sage nichts.

Langsam gehe ich zurück zur Fensterbank, wo auf meiner Tasche noch mein halbes Käsebrot liegt. Ich will es wegwerfen, aber dann höre ich Svens Stimme in meinem Kopf. Warum darfst du mehr Angst haben als alle anderen? Warum darfst du ständig darüber jammern und wir müssen einfach weitermachen mit dem Leben?

Also mache ich einfach weiter und esse es auf.

Sven

ICH BIN GERADE aus dem Krankenhaus zurück, als ich den Film geschickt bekomme.

Erschöpft liege ich im Bett. Ich habe Kopfschmerzen, meine Muskeln tun weh und meine Zunge ist dick, weil ich wieder mal draufgebissen habe. Am Anfang jedes Anfalls versteifen sich alle Muskeln im Körper. Wenn meine Zunge dann zufällig zwischen meinen Zähnen ist, habe ich halt Pech gehabt. Die Ärzte haben meine Eltern eindringlich gewarnt: Niemals versuchen, die Zunge mit dem Finger zu befreien. Der Finger ist dann hops.

Sol schickt mir den Film.

Er sagt dazu, er wisse nicht, ob ich das sehen möchte, aber es würde jetzt durch die ganze Schule gehen. Die Klassen schicken sich den Film über ihre WhatsApp-Gruppe zu. Und über Freunde und Geschwister springt er von einer Klasse zur nächsten.

Okay. Wenn die ganze Schule ihn sieht, will ich ihn auch sehen.

Ich öffne den Film.

Sofort bereue ich es mehr, als ich jemals etwas bereut habe.

Da ist mein Anfall, zwei Minuten und 35 Sekunden lang.

Sie haben mich gefilmt, während ich bewusstlos war.

Im vergangenen Frühjahr wurde ich in einem Epilepsiezentrum aufgenommen. Dort probierten sie Medikamente aus und ich wurde jeden Tag untersucht, aber der Psychologe war ziemlich in Ordnung. Sie haben mich dort auch bei einem großen Anfall gefilmt. Und danach haben sie mich gefragt: Möchtest du es sehen?

Ich habe sofort Nein gesagt.

In diesem Zentrum habe ich Anfälle von anderen Kindern gesehen. Also weiß ich genau, wie das abläuft. In welcher Reihenfolge was passiert, wie einem die blutige Spucke übers Kinn tropft, wie sich die Augen wegdrehen, was für Zombiegeräusche man ausstößt.

Im Ernst, ich bin lieber einfach weg von der Welt, wenn ich kaputtgehe.

Aber dort liege ich also auf den Schachbrettmusterfliesen.

Zuckend, mit Schaum vor dem Mund, röchelnd.

Ich sehe es. Und der Rest der Schule sieht es auch.

Zum ersten Mal seit ewigen Zeiten muss ich weinen.

Weil ich mich selbst so daliegen sehe, mit dieser Meute um mich herum. Wie eine Zirkusattraktion.

Weil ich weiß, dass ich das bin. Dass ich *so* bin.

Und auch, weil jemand es offenbar witzig fand, den Anfall zu filmen und an die ganze Welt zu verschicken.

Ich brauche keine Sekunde länger darüber nachzudenken. Nie wieder gehe ich zurück in diese Schule.

PARKER

ICH SEHE DEN FILM auf Benjamins Handy, der eine Reihe vor mir sitzt. Auch aus der Entfernung erkenne ich es sofort. Es ist die Szene aus dem Folterfilm über den Jungen vom Mars, der ununterbrochen Elektroschocks bekommt.

Nein.

Es ist Sven, der einen Anfall hat. Und ich sitze daneben. Ja, mich sieht man auch in dem Film – aber ich zucke nicht unkontrolliert, ich blute nicht und ich mache keine komischen Geräusche.

Herr Hoppenbrouwers ist gerade aus der Klasse gerufen worden, also greife ich sofort nach meinem eigenen Handy. Emma von nebenan hat mir vor drei Minuten denselben Film geschickt. Wir hatten früher zusammen Zeichenunterricht und sie ist jetzt schon in der achten Klasse.

Parker!!! Wie supergruselig, ist der in deiner Klasse? Das wird jetzt in der ganzen Schule rumgeschickt!!

Ich starre auf den Film. Er ist in Farbe, nicht in Schwarz-Weiß wie die Bilder der Überwachungskamera. Aber ansonsten fühlt es sich genauso an: hilflos etwas mit anzusehen, was man schon in Wirklichkeit gesehen hat, während man wie erstarrt war. Und obwohl man sich längst wieder bewegen kann, ist man noch immer nicht in der Lage, etwas zu tun.

Ich kann nie mehr etwas daran ändern. Ich habe gesehen,

dass jemand gefilmt hat, aber es ist nicht zu mir durchgedrungen. Jetzt ist es zu spät – jetzt kann ich nicht mehr aufstehen und das Handy, mit dem gefilmt wurde, auf den Boden schmettern.

»Er kommt nicht mehr wieder«, höre ich Sol sagen.

»Im Ernst?«, fragt Benjamin.

»Er geht von der Schule ab. Er hat mir gerade eine WhatsApp geschickt.«

Ich klammere die Hand fest um mein Telefon.

Es ist egal, sage ich mir selbst. Ich darf Alaska ja sowieso nicht mehr sehen. Das ist leichter, wenn Sven nicht mehr in meiner Klasse ist. Wenn Alaska nie mehr auf dem Schulhof auf ihn wartet.

Herr Hoppenbrouwers kommt zurück. Er schaut sehr ernst.

»Jetzt hört mal gut zu«, sagt er. Wir sind sofort still. »Ihr wisst, dass Sven heute Morgen einen großen Anfall gehabt hat. Uns war klar, dass das passieren würde, und wir wussten auch, dass sich alle beim ersten Mal erschrecken würden. Aber ich habe gerade Svens Mutter gesprochen, und sie hat mir erzählt, dass ein Schüler den Anfall mit seinem Handy gefilmt hat.«

Unter sämtlichen Tischen sehe ich Handys. Auf manchen Displays wird der Film ohne Ton noch immer abgespielt.

»Natürlich finden wir heraus, wer diesen Film gemacht hat«, sagt Herr Hoppenbrouwers. »Aber zuerst möchten wir verhindern, dass er ins Internet gelangt. Also bitte ich euch alle, den Film zu löschen, und zwar jetzt, hier an Ort und Stelle …« Er wedelt mit den Händen. »Holt eure Handys raus. Das ist eine Ausnahme …«

Alle Telefone liegen auf den Tischen. Manche aus der Klasse sehen den Anfall jetzt zum ersten Mal. Sie flüstern mir zu, dass ich auch gefilmt wurde, und fragen aufgeregt, ob ich denn keine Angst hatte. Und sie schauen zu meinem schwarzen Pulli, den ich längst wieder angezogen habe, weil es ohne zu kalt war. Die Blutflecken sieht man sowieso nicht.

Während ich den Film noch lösche, bin ich mir schon sicher, dass er nicht verschwinden wird. Selbst wenn alle Lehrer ihn jetzt in allen Klassen löschen lassen, wird er nicht ganz verschwinden. Er wurde bestimmt schon längst an Freunde außerhalb unserer Schule geschickt. So ist das nun mal – so ist die Welt. Jeden Moment kann irgendwo eine Bombe explodieren. Und Filme, die man an mehr als zwei Personen schickt, werden nie ganz verschwinden.

Das alles versuche ich mir selbst zu sagen, ohne dabei an Sven zu denken, aber es klappt nicht. Ich melde mich.

»Herr Hoppenbrouwers, darf ich zur Toilette? Ich habe den Film schon gelöscht ...«

Natürlich kann Herr Hoppenbrouwers auf einem schwarzen Display nichts erkennen, aber trotzdem halte ich mein Handy in die Höhe. Er nickt, und mit dem Telefon in der Hand stehe ich auf. Schnell gehe ich aus der Klasse und durch den langen Gang bis zum leeren Treppenhaus. Eine WhatsApp-Gruppe einzurichten war Zivas erste Aufgabe als Klassensprecherin, also habe ich Svens Nummer.

Ich kann kaum atmen, während ich darauf warte, dass er rangeht.

»Ich will nicht reden«, sagt er sofort.

Am Telefon klingt er jünger als dreizehn.

»Bist du raus aus dem Krankenhaus?«, frage ich.

Er räuspert sich. »Welchen Teil von ›ich will nicht reden‹ kapierst du nicht?«

»Ich bin auch in dem Film«, sage ich.

»Was du nicht sagst! Als würde das ...« Er schweigt.

Am anderen Ende der Leitung höre ich seinen Atem. Ich frage mich, ob er in seinem Zimmer ist, in dem Zimmer, das ich kenne. Ich frage mich, ob Alaska bei ihm ist.

»Sol sagt, du würdest nicht mehr in die Schule zurückkommen. Stimmt das?«

Es dauert eine Weile, bis er antwortet.

»Ja«, sagt er dann.

»Wegen dem Film?«

»Weil ich genug vom Mars habe. Ich habe genug davon, ein Freak zu sein.«

»Aber du kannst doch nicht ... Was machst du dann?«

Er seufzt. »Es gibt Schulen, an denen alle verrückt sind. Da falle ich nicht weiter auf. Da sind Krankenwagen und Medikamente und Anfälle ganz normal.«

Ich drücke mir das Handy ans Ohr. Ich versuche, mich daran zu erinnern, dass er ein Ekelpaket ist, dass er Alaska Tier genannt und superfest an ihrem Halsband gezerrt hat.

»Du glaubst, du bist der Einzige«, sage ich leise, »aber das stimmt nicht. Alle laufen irgendwie auf dem Mars rum. Du hast doch selbst gesagt, dass alle Angst haben. Tja, mit dem Verrücktsein ist das genauso. Wir sind alle irgendwie verrückt. Ich muss auch den ganzen Tag erklären, wie ich atme. Und noch immer kapieren sie es nicht.«

Ich schaue rauf zu den grauen Betonstufen für Leute ohne besonderen Aufzugschlüssel.

»In drei Tagen haben sie sich an deine Anfälle gewöhnt. Das ist der Vorteil von einem Planeten voller Verrückter. Es gibt immer etwas Neues. Morgen stellt eine Zehntklässlerin ihre Brüste ins Internet und dann findet niemand deinen Folterfilm noch interessant.«

»Was?«, fragt er. »Meinen Folterfilm?«

Mir wird ganz schlecht.

»Na ja –«

»So nennt ihr ihn?«

Ich schüttele den Kopf. »Nein, nur ich – ich meine, es gab da mal einen Horrorfilm ...«

Weiter komme ich nicht.

Drei Sekunden lang höre ich ihn am anderen Ende noch atmen. Dann hat er mich weggedrückt.

Sven

ICH STELLE EINEN STUHL neben meinen Kleiderschrank, klettere darauf und greife nach dem Helm.

Neugierig kommt Alaska näher. Sie schaut zu mir rauf, den Kopf schief gelegt, und wedelt langsam mit dem Schwanz.

Ich streiche mir die Haare aus der Stirn und setze den Helm auf. Dann klicke ich das Kinnband fest.

Heute sind mir zwei Dinge in den Kopf gehämmert worden, die ich nie mehr vergessen kann.

Zwei Minuten und fünfunddreißig Sekunden in Bildern.

Und zwei Wörter. Dein Folterfilm.

Die Bilder sehe ich wie auf dem Display eines Handys vor mir.

Und wenn ich an die Wörter denke, höre ich für immer die Stimme des Biwakmädchens.

So sieht sie mich also. Als Schauspieler in einem Horrorfilm.

Nicht als Sven, den Wettkampfschwimmer. Nicht als Sven, der immer am besten über jeden Bach springen konnte, der mühelos fünfzehn Kilometer Schlittschuh gelaufen ist. Und – allmählich begreife ich es – sie hat recht. Dieser Sven bin ich nicht mehr.

Alles, was ich war, ist weg.

Vor einem Jahr wurde mir ein Stapel Papiere in die Hände gedrückt: Hier, du bekommst die Rolle von dem Jungen mit Epilepsie. Das ist dein Text. Du brauchst nicht viel auswendig zu lernen. Den größten Teil der Zeit liegst du sowieso nur röchelnd auf dem Fußboden.

Es ist an der Zeit, sich daran zu gewöhnen.

Das ist mein Leben.

Ich habe einen Assistenzhund, ein Zimmer im Erdgeschoss, ein SOS-Armband am Handgelenk, eine Pillendose und einen Helm.

Ich bin Sven und mein Hobby ist Epilepsie.

PARKER

SVENS PLATZ BLEIBT LEER. Am Dienstag, und auch am Mittwoch.

Er muss sich natürlich von dem schweren Anfall erholen. Er wartet nur, bis wir den Film vergessen haben, und nächste Woche ist er dann wieder da. Das kann nicht anders sein. Welche Eltern würden schon erlauben, dass ihr Sohn nach einer einzigen Woche die Schule wechselt? Wenn es so einfach wäre, hätte ich gleich nach Jingle Bells woanders hingehen können. Aber Väter und Mütter sagen immer, man müsse sich alles erst mal eine Weile anschauen. Man kann gern darüber reden und müsse unbedingt noch mal eine Nacht darüber schlafen.

Aber offensichtlich sind Svens Eltern anders.

Donnerstagmorgen kommt Herr Hoppenbrouwers während der Mathestunde in die Klasse. Er erzählt, dass Sven nicht mehr zurückkommt. Nie mehr.

»Er macht sich auf die Suche nach einer Schule, die besser für ihn geeignet ist.«

Er sagt nicht dazu, was für eine Schule das sein soll. Und ich sage nicht, dass ich mich auch gerne auf die Suche nach einem Leben machen möchte, das besser für mich geeignet ist. Ein Leben ohne bewaffnete Raubüberfälle, ohne allergische kleine Brüder und ohne irgendwelche Idioten, die alles mit dem Smartphone filmen müssen.

Die ganze Klasse schickt Sven eine Karte. Auf der Vorderseite ist ein Gorilla mit einem Strauß bunter Luftballons abgebildet. *Lieber Sven*, steht auf der Rückseite, *viel Erfolg auf Deiner neuen Schule!*

Als die Karte vor mir liegt, zögere ich. Ziva hat auf das *i* in ihrem Namen keinen Punkt gemacht, sondern ein Herzchen. Ich schreibe meinen Namen und mache aus dem *a* einen Pfotenabdruck.

Als wir danach in beklommener Stille Matheaufgaben machen, gelingt es mir nicht, meinen Stift ruhig zu halten. Das war auch in der ersten Woche nach dem Überfall so. Dass mein ganzer Körper ständig ein wenig zitterte.

Ich denke an die Nacht, in der ich durch die regennassen, glitzernden Straßen zu Sven und Alaska gebraust bin. An all die Monate davor, als ich mich fühlte, als würde mein Körper langsam von innen abbröckeln. Wenn es so weitergegangen wäre, wäre ich noch wie mein Vater geworden. Bloß eine leere Hülle.

Jetzt spüre ich, dass es wieder angefangen hat. Das Abbröckeln.

Bei allem, was ich tue, bricht ein neues Stückchen von mir ab. Unterricht ohne Sven. Ein Schulhof ohne Alaska. Ein weiterer Nachmittag mit meinen marschierenden Brüdern, während mein Vater sich schweigend die Bilder der Überwachungskamera ansieht.

Es ist verkaufsoffener Donnerstag und seit acht Uhr abends sitze ich neben meinem Vater vor dem Computer. Wir sehen, wie meine Mutter und Erik das Geschäft aufräumen. Wir sehen einen Kunden hereinkommen und halten den Atem an. Wir sehen den Kunden wieder weggehen und atmen auf.

»Du bist neununddreißig«, sage ich zu meinem Vater. »Bleibst du jetzt ewig hier hocken?«

»Natürlich nicht.« Er wendet den Blick nicht vom Bildschirm ab.

»Wie lange denn noch?«

Er schüttelt den Kopf. »Das weiß ich nicht, mein Schatz.«

»Bereust du es, dass du vier Kinder bekommen hast?«, frage ich.

Schnell dreht er sich zu mir. »Wie kommst du denn darauf?«

»Na ja ...« Ich zucke die Achseln. »Wenn du die Welt so gefährlich findest, dass du nur noch zu Hause sitzt und dir Bilder einer Überwachungskamera anschauen kannst ... Dann ist es schon ziemlich verrückt, vier Kinder zu haben. Denn diese Kinder müssen jeden Tag raus. Zur Schule und zum Supermarkt und zum Judo und zum Blockflötenunterricht.«

Ich sehe, wie sich sein Gesicht verzieht, und ich erschrecke mich nicht einmal mehr. In den vergangenen Wochen habe ich ihn schon mindestens zehnmal weinen sehen. Das erste Mal war schrecklich und ich wollte mich am liebsten in Neuseeland unter einer Decke verstecken. Beim zehnten Mal wollte ich einfach nur, dass er aufhört.

»Du bist der mit dem Messer«, höre ich Dex in der Küche rufen. »Und dann bin ich der mit der Pistole.«

»Ich will der mit der Pistole sein!«, brüllt Joey.

»Nein, Joey.« Finn klingt wie Frau Vervelde. Besänftigend und vernünftig. »Auf dich wird geschossen. Das ist doch auch schön?«

Papa und ich sehen uns noch immer an. Die Falten in seinem Gesicht lassen sich nie wieder glatt bügeln.

»Ich geh schon«, sage ich. Ich stehe auf und gehe Richtung Küche. Aber dann räuspert sich mein Vater.

»In den Osterferien war da so ein Kartenspiel, das ihr immer spielen wolltet«, sagt er.

Ich bleibe stehen.

»Wollen wir das jetzt spielen?«, fragt er.

»Du weißt schon, dass es fünf nach halb neun ist, oder?«

Beide schauen wir wieder zum Bildschirm. In Schwarz-Weiß wischt meine Mutter über die Ladentheke.

»Ja«, sagt mein Vater. »Das weiß ich.« Er steht auf. »Dieses Spiel will ich jetzt spielen. Mit meinen vier Kindern.«

Sven

ICH STEHE EINFACH NICHT MEHR AUF.

Warum sollte ich? Der nächste Anfall kommt sowieso, also bleibe ich am besten gleich liegen.

Neben mir wartet der Alarmknopf, zu meinen Füßen wartet Alaska. Und ich warte auch.

Ich habe es satt, ständig auf den Fußboden zu knallen und mir heißen Tee über den Bauch zu gießen oder durch eine Fensterscheibe zu krachen und mir das Handgelenk zu brechen. Ich habe Krankenwagen und Krankenhäuser so satt.

Ich bleibe einfach liegen.

PARKER

FREITAG, nach der Schule, fühle ich mich mutig. Ich mache mich wieder auf Verbrecherjagd. Es ist inzwischen zu kalt, um sich auf eine Mauer zu setzen, also laufe ich los. Eine Straße nach der anderen. Ich lande in einem Viertel, das ich nicht gut kenne, aber das ist egal. Verbrecher können überall sein.

Während ich auf einem grauen Bürgersteig an grauen Häusern entlanggehe, frage ich mich, was Sven und Alaska jetzt wohl machen. Das tue ich jetzt schon seit einer Woche. Wie lange wird das noch so weitergehen? Wie lange werden sie mich noch unsichtbar bei allem, was ich tue, begleiten?

Es ist vier Uhr, also gibt er ihr jetzt was zu fressen.

Und jetzt gehen sie zusammen spazieren.

Jetzt bürstet er sie.

In den vergangenen Tagen, wenn das Vermissen zu schlimm wurde, habe ich mir Websites über Assistenzhunde angesehen. Um doch ein wenig bei Alaska zu sein. Um mir vorstellen zu können, wie ihre Tage jetzt aussehen.

Jetzt übt sie mit dem Alarmknopf.

Jetzt hat sie frei und rennt ohne Decke durch den Wald.

Jetzt darf sie als einziger Hund mit in den Supermarkt.

Und dann, plötzlich, sehe ich zwei schwarze Sneakers mit roten Flammen in den Sohlen.

Mein Atem stockt.

Die Schuhe gehen auf der gegenüberliegenden Seite der schmalen Straße und alles stimmt. Die schludrig eingesteckten Schnürsenkel. Die leicht abgenutzten Sohlen. Die Laschen, die sich beide etwas zu weit nach rechts verschoben haben.

Ich ziehe mein Handy aus der Tasche und bleibe stehen. Während ich mit zitternden Fingern den Ton ausschalte, geht der Mann mit den flammenden Schuhen in aller Ruhe weiter. Wenn ich ihm nicht sofort folge, verliere ich ihn noch.

Mir ist schwindlig.

So schwindlig, dass mir kurz schwarz vor Augen wird – und trotzdem laufe ich weiter. Dorthin zurück, wo ich hergekommen bin. Hinter ihm her. Er trägt eine graue Trainingshose und eine schwarze Jacke. Seine Haare sind kurz und er hat Pickel im Nacken. Sein Gesicht sehe ich nicht.

In all der Zeit habe ich mir nie überlegt, was ich tun werde, wenn ich ihn tatsächlich finde. Ich bin einfach auf Verbrecherjagd gegangen. Auf die Suche nach einer Comicfigur im schwarz-weiß gestreiften Pyjama. Aber jetzt sind wir also hier: der Verbrecher und ich, ganz allein in einer totenstillen Straße. Wenn ich jetzt die Polizei anrufe, hört er mich reden. Wenn ich stehen bleibe, um anzurufen, verliere ich ihn.

Es ist genau wie während des Überfalls: Ich kann nichts tun, nicht mal mehr denken. Nur an diesen Schuhen zweifele ich keine Sekunde. Versteckt zwischen den Jacken, hinten im Laden, habe ich die ganze Zeit auf seine Füße gestarrt. Das Bild dieser Schuhe ist in mein Gedächtnis gebrannt. Und dieses Bild stimmt. Dort, auf der gegenüberliegenden Straßenseite, das ist er.

Er geht um die Ecke. Ich überquere die Straße, schließe kurz die Augen und biege dann auch um die Ecke.

Vor sechs Wochen hat dieser Mann eine glänzende Pistole in den Händen gehalten. Keine Spielzeugpistole, eine echte Waffe. Ich habe keine Ahnung, ob das Ding jetzt irgendwo unter seiner Jacke verborgen ist. Haben Männer wie er ihre Pistole sicherheitshalber immer dabei? So wie andere Leute an ihrem Handy kleben und verzweifeln, wenn sie damit kurz mal nichts machen können.

Vielleicht fühlt sich das mit einer Pistole ja auch so an: als könnte man damit immer und überall alles machen. Ohne dafür zu bezahlen.

Mir tut der Bauch weh und mein Herz hämmert ohrenbetäubend. Was immer ich auch tue, ich werde meinen Eltern auf gar keinen Fall eine Nachricht schicken. Wenn sie wissen, dass ich hier ganz allein den Mann mit der Pistole verfolge, drehen sie durch.

Ich umklammere mein Handy. Das Display leuchtet auf und ich starre auf das Foto von Alaska. Und plötzlich weiß ich, was ich tun muss. Mein Gehirn funktioniert wieder. Als hätte ich nach sämtlichen falschen Passwörtern endlich das richtige eingegeben.

Ich fange an zu tippen.

Ich sehe den Verbrecher!!! den mit den Schuhen!

Ich verfolge ihn o was soll ich machen????

Ich drücke auf Senden. Und gleich danach schicke ich meinen Standort.

Die Filme in meinem Kopf lassen sich jetzt nicht mehr stoppen. Ich sehe meine Mutter hinter der Ladentheke stehen, ihr Gesicht ist kreidebleich. Ich sehe meinen Vater nach dem Alarmknopf tasten und ich höre den Pistolenschuss. Der Mann, der da vor mir hergeht, an den Geranienkübeln vorbei, der hat abgedrückt.

Ich sehe die Blutlache auf dem Linoleum, nachdem sie meinen Vater mit kreischendem Martinshorn mitgenommen haben. Und dann spüre ich das Vibrieren in meiner Hand. Sven hat geantwortet.

Ruf die Polizei!
Und sorg dafür dass er dich nicht sieht!!!

Kann nicht abeufen das hört er
Anrufen

Soll ich anrufen?

Ja!!!

OK
Bis gleich
Sei vorsichtig!!!

Sven

KERZENGERADE sitze ich im Bett. Ich habe noch nie den Notruf gewählt. Immer, wenn meinetwegen dort angerufen wurde, war ich selbst ja ohnmächtig. Ich habe zuckend dagelegen, während jemand anders die Zahlen eingetippt und gewartet hat, bis abgenommen wurde.

»Hier ist der Notruf«, sagt eine Männerstimme. »Wen wollen Sie sprechen? Polizei, Feuerwehr oder Rettungsdienst?«

Den Rettungsdienst, hätte ich fast gesagt. Aber dieses Mal geht es ja nicht um mich.

»Polizei«, sage ich.

Während man mich verbindet, schaue ich zu Alaska.

Ich liege noch immer im Bett – das ist jetzt der fünfte Tag. Die ganze Zeit ist absolut nichts passiert. Es ist genau wie bei Sternschnuppen. Wenn man ständig nach ihnen Ausschau hält, fällt auch nie eine.

»Polizei«, sagt eine Frauenstimme. »Um welchen Notfall geht es?«

»Hier ist Sven Beekman«, sage ich schnell. »Sie müssen jemanden verhaften. Im Sommer gab es einen Überfall im Fotogeschäft Montijn und jetzt hat Parker, das ist die Tochter – von den Besitzern des Fotogeschäfts meine ich …«

Ich hole tief Luft.

»Parker hat gerade einen der Männer von dem Überfall entdeckt. Sie hat ihn an seinen Schuhen erkannt. Er hatte eine Biwakmütze auf dem Kopf – während des Überfalls, meine ich –, sein Gesicht hat sie also nicht gesehen. Aber er trug schwarze Sneakers mit roten Blitzen in den Sohlen. Oder Flammen, das weiß ich nicht mehr. Ist auch egal, vor zwei Minuten ist sie ihm durch die Erasmusstraße gefolgt. Sie müssen so schnell wie möglich einen Polizeiwagen schicken!«

»Ist Parker verletzt?«, fragt die Frau am anderen Ende der Leitung.

»Nein. Noch nicht …«

»Und sie verfolgt einen Mann, von dem sie glaubt, er habe einen Überfall verübt?«

»Ja.«

»Aber sie wird nicht bedroht?«

»Nein.«

»Sie hat das Gesicht des Mannes noch nie gesehen, aber der Mann in der Erasmusstraße trägt dieselben Schuhe wie der Mann, der den Überfall verübt hat?«

»Ja, das habe ich doch schon gesagt! Schwarze Sneakers mit Rot in den Sohlen.«

»Diese Notrufnummer«, sagt die Frau ganz ruhig, »ist für Notfälle. Wenn du bloß Hinweise für die Polizei hast, wählst du am besten die allgemeine Nummer.«

»Aber Parker verfolgt diesen Mann jetzt, in diesem Augenblick! Ganz allein!«

»Dann soll sie sofort damit aufhören und sich nicht in Gefahr bringen. Und danach kann sie ganz einfach die normale Nummer der Polizei anrufen. Diese Nummer ist nicht für Kinder gedacht, die Detektiv spielen.«

»Das gibts doch nicht!«, schreie ich. »Die Welt ist ein einziges Fiasko und die Erwachsenen schauen einfach nur zu. Aber wenn Parker dann einen Verbrecher erkennt, will ihr niemand helfen, obwohl sie in Gefahr ist?«

»Ich versichere dir«, wiederholt die Frau so ruhig, dass ich sie durchschütteln will, »dass die Polizei jeden Tipp ernst nimmt. Aber diese Nummer ist ausschließlich für Notfälle bestimmt. Und du blockierst gerade die Leitung für einen echten Notfall.« Sie legt auf.

Für jeden meiner dämlichen, idiotischen Scheißanfälle kommen sie mit kreischendem Martinshorn angefahren, aber wenn Parker den Mann sieht, der auf ihren Vater geschossen hat, soll das kein Notfall sein?

Wieder kommt eine Nachricht von ihr.

Sven!!!!

Wo bleiben sie?

Ich balle die Fäuste.

Ich hatte vor, mein Bett nie wieder zu verlassen. Und wenn ich überhaupt je wieder nach draußen gehen würde, dann nur noch in Begleitung. Genauso wie es sich gehört, wenn man Epilepsie als Hobby hat.

Ich hatte auch vor, nie mehr ein Wort mit Parker zu sprechen. Aber das war Freitagnacht – vor einer Million Jahre. Vor einer Million urlangweiliger Jahre.

Bei der Polizei verstehen sie es nicht, aber für mich ist es sonnenklar. Sobald dieser Typ merkt, dass er verfolgt wird, liegt absolut ein Notfall vor.

Parker schickt mir ihren neuen Standort und ich starre auf die Karte. Wenn ich zu Fuß gehe, dauert es mindestens eine halbe Stunde, bis ich da bin. Das ist viel zu lang.

Mann, das ist der helle Wahnsinn.

Ich darf nicht Rad fahren. Wirklich auf gar keinen Fall. Mein Fahrrad ist zwar mit umgezogen, aber ich bin schon seit Monaten nicht mehr damit gefahren.

Es liegt auf der Hand, was ich tun sollte. Ich sollte meine Mutter anrufen. Sie ist einkaufen, aber wenn ich sie anrufe, kommt sie natürlich sofort zurück. Und dann könnten wir mit dem Auto zusammen zu Parker fahren.

In HD sehe ich es vor mir: das besorgte Gesicht meiner Mutter, ihre aufgeregte Stimme, wir beide im Auto – und plötzlich schlage ich die Bettdecke zurück. Ich stehe auf und ziehe mich an, denn plötzlich sehe ich alles vor mir. Den Rest meines ganzen beschissenen Lebens, wenn ich jetzt liegen bleibe.

Wie es wäre, wenn ich wirklich nichts anderes mehr tun würde, als auf einen Anfall zu warten.

Ich habe Angst zu sterben, klar. Aber jahrein, jahraus nur noch im Bett zu liegen – das ist schlimmer, als tot zu sein. Das ist schlimmer als alle Gehirnerschütterungen und Wunden zusammengenommen.

Ich schnalle Alaska die gelbe Decke um und sofort fängt sie an, ausgelassen mit dem Schwanz zu wedeln. Der Albtraum von jedem Assistenzhund ist, bei einem Feigling zu wohnen, der den Rest seines Lebens im Bett bleibt.

Ich zögere kurz und setze dann den Helm auf. Falls ich vom Rad knalle, sollte ich wohl besser einen Plastikkopf haben.

Mein Fahrrad steht ganz hinten im Schuppen. Ich hasse es, dass meine Hände zittern. Dass ich Angst davor habe, Rad zu fahren.

Und die ganze Zeit verfolgt Parker diesen Mann. Ich hoffe, er hat es noch nicht gemerkt. Wie viele Straßen kann man hinter jemandem hergehen, bevor er merkt, dass da etwas faul ist?

Wieder schickt sie mir ihren Standort und ich antworte, dass in zehn Minuten Hilfe da ist. Sie braucht nicht zu wissen, dass sie die ganze Zeit bloß auf einen Freak und seinen Assistenzhund wartet.

Und jetzt fahre ich also mit dem Rad los, Alaska neben mir. Das hat sie nicht gelernt. Als Assistenzhund eines Idioten, der nicht Rad fahren darf, brauchte sie wenig über den Verkehr zu lernen. Sie kann die Straße überqueren, von einem Gehweg zum anderen. Aber neben einem Rad herzurennen, das hat sie noch nie gemacht.

Und trotzdem kann sie es.

Das Biwakmädchen hatte recht: Alaska ist ein Zirkushund. Sie reißt mich zwar die Hälfte der Zeit fast um, sie läuft zu schnell oder zu langsam und wedelt ihren Schwanz fast zwischen die Speichen, aber wir kommen doch voran.

Im Ernst, ich hatte schon vergessen, wie es sich anfühlt. Der Wind im Gesicht. Beine, die in die Pedale treten, atemlos keuchen. Als würde man leben.

Leute schauen sich nach mir um, mit diesem Monstrum

von einem Helm und meinem Assistenzhund, aber das ist mir gerade vollkommen egal.

Wieder schickt Parker ihren Standort, ich bin fast da. Ich beiße die Zähne zusammen.

Please, denke ich. Jetzt bloß keinen Anfall.

Ich fahre zu schnell, der Asphalt fliegt unter mir vorbei, Autos rasen an uns vorüber – wenn ich jetzt einen Kurzschluss bekomme, geht es schlecht aus.

Für mich. Für Alaska. Und für Parker. Läuft dieses verrückte Biwakmädchen etwa noch immer hinter diesem Verbrecher her? Wohin ist er eigentlich so lange unterwegs?

Und dann sehe ich sie um die Ecke biegen. Im selben Moment entdeckt Alaska sie auch. Sie stößt ein hohes Fiepen aus und gleichzeitig spüre ich einen mächtigen Ruck an der Leine. Ich will sie weiterhin festhalten, aber plötzlich fällt mir ein Nachbarsmädchen von früher ein. Die ist mal mit einem Riesenhund spazieren gegangen, der eine Katze gesehen hat und hinter ihr hergerannt ist, aber das Mädchen hat die Leine erst nach zwanzig Metern losgelassen. Ich habe danach ihre Knie und Arme und Hände gesehen. Alles war aufgeschürft.

Alaska galoppiert mit flatternden Ohren auf Parker zu, als würde sie in einer Reklame über glückliche Hunde mitspielen. Die Leine schleift lose hinter ihr her über die Straße.

Ich dachte, Parker würde sauer werden, wenn sie uns sieht. Sie wollte die Polizei, keinen Freak mit Assistenzhund. Aber ihr Gesicht strahlt, als sie uns anschaut. Ich steige ab und ziehe mein Rad auf den Gehweg.

»Ihr seid auch da!«, flüstert sie, während Alaska sie anspringt und ihr mit ihrer riesigen rosa Schlabberzunge voll übers Gesicht leckt.

»Wann kommt die Polizei?« Parker greift nach der Leine und läuft schon wieder los. Ein ganzes Stück weiter vorn sehe ich einen einzigen Mann in schwarzer Jacke.

»Ist er das?«, frage ich leise.

Sie nickt. »Wann kommt die Polizei? Soll ich ihnen noch mal sagen, wo wir sind?«

Ich schüttele den Kopf. »Sie kommen nicht.«

»Was?«

»Ich habe die Polizei angerufen, aber sie wollen nicht kommen. Sie sagen, das hier ist kein Notfall …«

Sie sagt nichts mehr. Ganz blass geht sie neben Alaska her. Jeder Zentimeter ihres Körpers schreit Notfall.

Wir gehen Richtung Innenstadt. Ich stelle mein Fahrrad gegen einen Laternenpfahl und schließe es schnell an. Dann nehme ich Parker die Leine aus den Händen, damit das Bild stimmt. Junge mit Helm und Assistenzhund. Blasses, schweigsames Mädchen ohne Hund.

Wir müssen jetzt näher hinter dem Mann gehen, weil wir ihn sonst verlieren. Wir trauen uns nicht mehr, miteinander zu sprechen, aus Angst, er könnte uns hören. Mann, so bringt das doch nichts.

Wie lange halten wir das durch? Der Typ kann jeden Moment auf ein Motorrad steigen oder in ein Auto und weg ist er. Und dann haben wir nichts. Keinen einzigen Beweis. Ich glaube kaum, dass wir dann jemanden beeindrucken können, noch nicht mal, wenn wir die ganz normale Nummer wählen.

Und plötzlich habe ich eine Idee.

»Mach ein Foto von Alaska und mir«, flüstere ich. »Der Rest der Straße darf ruhig auch mit drauf. Ist doch nett hier, all die Leute ...«

Sie schaut mich an und ich sehe, dass sie es versteht.

PARKER

ICH DACHTE, ich würde Sven und Alaska nie mehr wiedersehen. Und jetzt gehen sie neben mir her, als würden wir zusammengehören. Der Mann mit den Sneakers telefoniert, ich sehe seine Hand gestikulieren, sein Hinterkopf nickt. Mit jedem Schritt nähert er sich dem Stadtzentrum. Der Fußgängerzone. Dem Fotofachgeschäft Montijn.

Ich versuche, nicht zu dem blauen Helm zu schauen, den Sven aufhat. In der allerersten Nacht habe ich das Teil auf dem Fußboden in seinem Zimmer gesehen. Ich dachte, es wäre ein Eishockeyhelm. Oder so ein Helm, den man fürs Bergsteigen braucht. Aber Sven kann natürlich einfach jederzeit hinfallen.

»Jetzt mach das Foto schon«, flüstert er.

Mein Handy zittert in meinen Händen. Wenn ich nicht aufpasse, lasse ich es noch auf die Straße knallen. Die Idee ist einfach: ein Foto machen, auf dem der Mann auch drauf ist. Damit ich zur Polizei gehen und sagen kann: Seht mal, das hier ist er. Ihr habt mir nicht geglaubt, aber dieser Mann hat auf meinen Vater geschossen.

»Aber wenn ich jetzt ein Foto mache«, flüstere ich, »dann sieht man nur seinen Hinterkopf. Wie kann ...«

Der Mann hört auf zu telefonieren und sofort traue ich mich nicht mehr, weiterzusprechen. Alaska geht konzentriert zwischen uns. Sie schaut anders, wenn sie ihre Assistenzhunddecke trägt. Sie ist bei der Arbeit und das weiß sie.

Ich frage mich, ob sie sich noch an die Nacht auf dem Feld erinnert. Kann ihr Hundekopf an Dinge zurückdenken, die vor einer Woche stattgefunden haben? Weiß sie noch, dass ich sie zu einer Entscheidung gezwungen habe?

Und dann spüre ich Svens Arm um meine Schulter. Sein Mund ist plötzlich ganz nah an meinem Ohr.

»Ich habe einen Plan.«

Ich sage nichts. Ich warte und mir fällt wieder auf, wie anders es sich anfühlt: von einem Hund berührt zu werden oder von einem Jungen.

»Sorg dafür, dass du mit dem Handy bereitstehst«, sagt er leise. »Gleich fange ich an zu schreien und dann dreht sich der Typ bestimmt um. Und dann machst du das Foto.«

Ich spüre seinen Atem auf meiner Wange. Den Rand seines Helms an meinem Kopf.

»Aber wir dürfen nicht auffallen«, flüstere ich.

»Ich bin ein Freak, hast du das vergessen? Ich falle nicht auf, wenn ich schreie.«

Würde ich mein Gesicht jetzt zu ihm drehen, würden unsere Nasen zusammenstoßen. Er lässt mich los und schnell schalte ich die Kamera meines Handys ein. Sven stellt sich vor mich, aber so, dass ich den Mann noch sehen kann. Und dann fängt er an zu bellen.

Jingle Bells, so laut er nur kann.

Der Mann sieht sich um. Alaska bellt wie verrückt mit und ich mache möglichst viele Fotos, aber ich habe keine Ahnung, ob sie gelingen.

Und dann hält Sven wieder den Mund.

Die ganze Welt starrt uns an. Alle, außer dem Mann. Der geht schnell wieder weiter.

Ich sehe mir die Fotos an. »Sie sind unscharf …«

»Dann machen wir's noch mal«, sagt Sven sofort.

Schnell gehen wir weiter. Ich bin ganz außer Atem. Sven trägt einen Helm und Alaska eine Assistenzhunddecke, aber darunter sind sie immer noch die beiden, die ich kenne. Alaska geht brav an der Leine und Sven summt ein Weihnachtslied.

Ich weiß, dass man nie ganz sicher ist. Bomben können explodieren, ein Verbrecher kann auf einen schießen, die Welt kann im Chaos versinken. Aber mit Sven und Alaska zusammen ist es doch anders. Zuerst haben wir uns nur in einem dunklen Schlafzimmer getroffen, und irgendwie fühlt es sich an, als wäre dieses Zimmer noch immer da. Als gäbe es eine Mauer um uns herum.

Aber dann hört Alaska plötzlich auf, brav an der Leine zu gehen. Sie schaut zu Sven und fängt an zu jaulen. Sie drückt die Schnauze gegen sein Bein.

»Lass das, Tier«, sagt er, aber Alaska gehorcht nicht. Sie zerrt an der Leine und rennt vor seinen Füßen hin und her, sodass er fast über sie stolpert. Sie schaut ihn eindringlich an und bellt kurz auf. Und dann noch einmal.

»Was will sie?«, frage ich. »So war sie bei mir nie.«

»Sie spinnt eben manchmal rum.« Er zuckt die Achseln. »Am Morgen nach dem Gewitter hat sie sich auch so benommen. Und Samstagmorgen wieder. Das macht sie eben manchmal.«

Ich schaue zu Alaska und bin mir sicher, dass sie nicht eben mal rumspinnt. In den acht Monaten, in denen sie bei uns war, hat sie nie so besorgt geschaut. Sie hat nie so nachdrücklich gegen mein Bein gedrückt, als würde gleich etwas Schreckliches passieren.

Plötzlich erinnere ich mich an etwas, das ich im Internet gelesen habe. Manche Assistenzhunde können einen epileptischen Anfall vorhersagen. Sie spüren, dass ein Anfall bevorsteht, ehe man als Mensch auch nur die leiseste Ahnung davon hat. Dieses Vorhersagen kann man einem Hund nicht beibringen, weil Menschen noch nicht verstanden haben, wie es funktioniert. Und längst nicht alle Assistenzhunde können das. Aber manche eben wohl.

»Samstagmorgen«, sage ich schnell, »als sie sich auch so benommen hat ... Hast du danach nicht einen großen Anfall bekommen?«

Er nickt. »Aber ich habe schon neben ihr auf dem Fußboden gesessen, also bin ich nicht gefallen und habe mich nicht verletzt.«

»Leg dich hin«, sage ich.

»Was?« Er sieht mich irritiert an.

»Du bekommst einen Anfall, das will Alaska dir sagen. Leg dich hin, sonst knallst du mit dem Kopf auf den Gehweg.«

»Du bist verrückt«, sagt er. »Wir müssen hinter diesem Kerl her, hast du das vergessen? Wir wollten doch mehr Fotos machen.«

Die ganze Zeit gehen wir weiter. Alaska jault noch immer und drückt sich gegen Svens Bein. Er kann jeden Moment hinfallen. Ich balle die Fäuste. Endlich habe ich den Mann mit der Pistole gefunden. Wenn ich ihn jetzt laufen lasse, ohne gute Fotos zu machen, habe ich morgen wieder genauso viel Angst. Oder sogar noch mehr, denn jetzt weiß ich sicher, dass er noch immer hier ist. In meiner Stadt.

Aber ich kann Sven nicht allein zurücklassen. Ich muss bei ihm sein, wenn das Zucken anfängt. So einfach ist das.

»Leg dich hin«, sage ich. »Jetzt!«

»Du bist verrückt«, sagt er wieder. »Nicht mal die Ärzte wissen, wann es passiert. Was denkst du dir? Dass Alaska zaubern kann? Oder hellsehen?«

Ich schaue zu Alaska. Ich kenne sie besser als jeden anderen auf der Welt. Sie will uns etwas sagen, so viel ist klar.

»Wenn ich mich irre«, sage ich, »darfst du mich gleich auslachen, solange du nur willst. Aber erst legst du dich hin. Dort, ins Gras.«

Wenn ich den Anfall am Montag nicht gesehen hätte, würde ich mich das nicht trauen. Aber wenn er gleich wieder steif wie ein Brett wird, muss er liegen. Am Ärmel zerre ich ihn zu einer kleinen Grasfläche vor einem Standbild. Ich setze mich hin und ziehe ihn mit runter. Alaska legt sich sofort neben ihn und leckt seine Hand.

Er runzelt die Stirn. »Das macht sie immer, wenn ich einen Anfall hatte ...«

Mein ganzer Körper bebt jetzt. Ich habe fast das Gefühl: Ich spüre auch, dass es passiert. Aber kein Mensch kann epileptische Anfälle vorhersagen. Nicht einmal Apparate in Krankenhäusern können es, nur Hunde.

»Das Gras ist nass«, sagt Sven. »Im Ernst, es wird überhaupt nichts passieren ...«

»Soll ich einen Krankenwagen rufen, wenn es anfängt?«, frage ich. Meine Hand streichelt Alaskas weichen Rücken. Sie ist noch immer unruhig.

»Bitte nicht.« Er will sich partout nicht hinlegen. Aber im Gras sitzen geht auch, glaube ich. Hoffe ich.

»Erst nach fünf Minuten einen Krankenwagen rufen, ja? Wirklich, ich habe die Nase dermaßen voll von Krankenhäusern und Krankenwagen. Aber meine Mutter kannst du schon anrufen, angenommen, ich falle wirklich in Ohnmacht …«

Er gibt mir sein Telefon und ich schaue mich um. Der Mann mit der Pistole ist längst über alle Berge. Meine Fotos sind unscharf und die Polizei nimmt uns nicht ernst, die ganze Verfolgung hatte nicht den geringsten Sinn. Und jetzt sitze ich hier neben einem wütenden Sven und nichts passiert.

Er schaut mich an, aber ich erwidere seinen Blick nicht.

Sven

SIE STARRT ZU DER STRASSE, in der der Mann verschwunden ist, während sie hier neben mir im patschnassen Gras sitzt.

Ihr Gesicht ist noch immer blass, aber ihre Wangen sind ein wenig gerötet.

Das Biwakmädchen, neben mir im Gras.

Ich bin hergekommen, um ihr zu helfen. Und jetzt hocken wir hier zusammen und warten auf einen Anfall, der nicht kommt.

Ich bin ein Idiot mit Helm, sage ich mir selbst. Jemand, der neben einem Assistenzhund auf einem nassen, versifften Stück Rasen auf eine Sternschnuppe wartet.

Aber wie verrückt es auch klingen mag ... in diesem Moment komme ich mir nicht vor wie ein Freak.

Wenn meine Eltern mich ansehen – ja, dann bin ich krank. In einem Krankenwagen, im Epilepsiezentrum, mit meinem Aufzugschlüssel, bewusstlos in einer neuen Klasse – dann auch.

Aber mit Parker und Alaska, dem Biwakmädchen und meinem Hund ...

Mit den beiden ist es anders.
Ich brauche ihnen nichts mehr zu erklären.
Sie kennen meinen Planeten. Sie sind an mich gewöh

PARKER

IN DEM MOMENT, als er erstarrt, spüre ich, wie mein eigener Körper dasselbe macht. Einen Augenblick lang liegt er reglos ausgestreckt im Gras, dann fängt er an zu zucken. In den Minuten davor habe ich mir in Gedanken immer wieder vorgesagt, was ich jetzt tun muss. Darum kann ich es. Ich brauche nicht mehr darüber nachzudenken, ich mache es einfach.

Als Erstes schalte ich die Stoppuhr auf meinem Telefon ein.

Sven trägt einen Helm, also muss ich dieses Mal nichts unter seinen Kopf legen.

Ich schaue nicht zu seinen weggedrehten Augen, will seinen keuchenden Atem nicht hören. Alaska jault, ihre dunklen Augen sind groß, sie schaut besorgt.

»Er spürt nichts davon«, flüstere ich ihr zu. »Es ist okay ...«

Auf seine Lippen tritt Schaum, aber dieses Mal ist er nicht blutig.

Ich hatte an alles gedacht, außer an die anderen Leute. Die Erwachsenen, die zu mir kommen und sich einmischen.

»Er hat einen epileptischen Anfall«, sage ich immer wieder. »Es geht gleich vorbei, er hat das öfter. Ganz sicher, niemand braucht einen Krankenwagen zu rufen.«

Ich sehe, dass ein Mann trotzdem sein Handy zückt.

»Nein!«, rufe ich. »Nicht anrufen! Er braucht keinen Arzt. Ich rufe seine Mutter an, das reicht.«

So ist das also. Auf dem Mars herumzulaufen. Immer wieder neue Leute, die nichts begreifen. Die sich einmischen, ohne auch nur im Geringsten zu wissen, was los ist.

Ich will weinen, aber dafür ist keine Zeit.

Auf Svens Display gibt es ein Mama-Handy-Ikon. Sie geht sofort ran.

»Schatz! Alles in Ordnung?«

»Hier ist nicht Sven«, sage ich schnell. »Hier ist Parker. Äh – eine Freundin von Sven. Wir sind mit Alaska spazieren gegangen und da hat er einen Anfall bekommen. Einen großen. Würden Sie uns abholen?«

»Oh Gott ...« Sie holt tief Luft. »Natürlich, wo seid ihr? Ist er verletzt? Braucht er einen Krankenwagen?«

Ich erkläre ihr alles und höre an ihrer Stimme, dass sie wie Alaska ist: Sie hat das hier schon öfter erlebt. Sie will am liebsten nur jaulen, aber sie macht genau, was sie machen muss. Während ich mit ihr rede, sehe ich, dass Sven aufhört zu zucken. Die Schaulustigen, die noch immer um uns herumstanden und es kaum ertrugen, dass wir sie nicht brauchten, ziehen langsam ab.

Eifrig leckt Alaska Svens Hand. Ich schaue in sein blasses Gesicht und fühle mich, als hätte ich gerade ein Erdbeben erlebt. Beim letzten Mal habe ich ihn gemeinsam mit Herrn Hoppenbrouwers auf die Seite gedreht, aber ich kann es auch allein. Die stabile Seitenlage heißt es in den Kopien. Damit er nicht an seiner eigenen Spucke erstickt.

»Du bist nicht verletzt«, flüstere ich ihm zu, auch wenn ich nicht weiß, ob er mich schon hören kann. »Du warst nicht mal drei Minuten weg und jetzt ist der Anfall wieder vorbei. Deine Mutter kommt jeden Moment ...«

Alaska leckt ununterbrochen, ich rede ununterbrochen. Kein kreischendes Martinshorn, niemand, der ihn auf einer Trage festbindet. Während ich mit ihm spreche, schaue ich Alaska an, als würde ich sie zum allerersten Mal sehen. Ich dachte, ich würde sie durch und durch kennen. Jede Falte in ihrem Fell, jedes Kunststück, das sie kann. Aber da ist also noch mehr.

Sie wusste, dass Sven einen Anfall bekommen würde. Und sie hat ihn gewarnt. Könnte ich nur verstehen, wie sie das macht. Hört sie extra genau zu? Spürt sie etwas? Kann sie einen Anfall riechen? Aber niemand weiß das.

Neben mir fängt Sven an zu husten. Ich lege ihm eine Hand auf die Schulter, ziehe sie aber sofort wieder weg.

»Was …«, sagt er heiser. Er runzelt die Stirn. »Mein Rücken ist nass.«

Ich muss lachen, höre aber sofort wieder auf. Er ist noch gar nicht richtig wach.

»Du liegst im Gras«, sage ich. »Mach dir keine Sorgen. Dein Rücken trocknet wieder.«

Ein rotes Auto kommt auf den Bürgersteig gefahren, hält an und sofort wird die Fahrertür aufgerissen. Die blonde Frau, die am ersten Tag neben Alaska auf dem Schulhof gewartet hat, springt raus.

»Sven!« Sie rennt zu ihm. »Gehts wieder?«

»Mein Rücken ist nass«, sagt er wütend. Ich sehe, dass er noch immer nicht ganz begriffen hat, was los ist.

Seine Mutter sieht mich an. »Wie gut, dass du angerufen hast, vielen Dank. Wie heißt du noch mal?«

»Parker«, sage ich. Und dann kann ich mich nicht mehr zurückhalten. »Alaska hat den Anfall kommen sehen! Sie hat uns gewarnt, und darum ist Sven nicht hingefallen.«

»Wirklich?«, fragt seine Mutter. »Bist du dir sicher?«

Ehe ich antworten kann, meldet sich Sven wieder zu Wort. »Ich verstehe echt nicht, warum wir hier noch immer sitzen. Das Gras ist klitschnass!«

Seine Mutter nickt. »Wir gehen. Parker, kann ich dich irgendwo absetzen?«

Ich zögere. Ich möchte nichts lieber, als in ein Auto zu steigen und direkt nach Hause gebracht zu werden. Trotzdem schüttele ich den Kopf.

»Ich kann noch nicht nach Hause. Ich muss noch etwas erledigen.«

Sven

DER NEBEL IST WEG. Ich bin wieder da.

Ich sitze nicht vorn im Auto neben meiner Mutter, sondern auf dem Rücksitz. Neben mir liegt Alaska.

Ich schaue zu ihr und sehe viel mehr als bloß einen Hund. Einen Freund mit weißem Wollkragen und dreieckigen Augen, die durch Löcher in einer schneeweißen Biwakmütze blicken.

Alaska schaut zurück und ich weiß, dass sie keinen schemenhaften Flecken sieht. Sie sieht keinen Alien, keinen Freak, sie sieht mich.

Mann, oh Mann, Yvonne mit den Schaukeltitten hatte ganz einfach recht.

Alaska und ich haben eine Art Funkverbindung. Eine Verbindung, die besser ist als alles, was ein Mensch sich ausdenken kann. Zehn Jahre Medizinstudium, um Arzt zu werden, MRT-Scanner, Ultraschallgeräte, EEG – nichts ist so gut wie ein haariges Monster.

Wenn man skypt, wird man ab und zu gefragt, wie viele Sterne man der Verbindung gibt.

Tja, Alaska.

Ernsthaft.

Mehr Sterne, als das ganze All hat.

Ich schaue mir die langen Haare an, die wie Fühler aus ihrer Schnauze ragen. Ihre weichen Schlappohren und ihre glänzende Nase.

Und dann schlinge ich die Arme um sie.

Wirklich, ich bin genauso verrückt wie das Biwakmädchen. Was für einen Sinn hat es, jemanden gernzuhaben, mit dem man nicht gamen kann, nicht Schlittschuh laufen, nicht mal sprechen?

Ich hätte nur niemals gedacht, dass sie es lernen würde.

Ich wusste, dass es Assistenzhunde gibt, die spüren, wenn ein Anfall bevorsteht, und ich wusste, dass es alles verändert. Nie mehr davon überrascht zu werden, nie mehr plötzlich auf den Boden zu knallen, keine Gehirnerschütterungen und arteriellen Blutungen mehr.

Ich habe in der Zeitschrift über Assistenzhunde von solchen Superteams aus Mensch und Hund gelesen. Iris und Bieke. Corrie und Cisko. Melanie und Snow. Und ich war stinkwütend, weil ich wusste, ich würde nie zu so einem Superteam gehören. Als ob jemand tatsächlich diesen beknackten Kurzschluss in meinem Kopf voraussehen könnte, während ich selbst nichts davon ahne.

Aber jetzt sind wir es also doch.

Sven und Alaska.

PARKER

ICH VERSUCHE mir einzureden, ich wüsste genau, was ich zu tun habe. So wie bei Svens Anfall. Da war direkt neben mir ein Erdbeben im Gange, aber Alaska und ich sind nicht in Panik geraten. Wir haben getan, was wir tun mussten.

Ohne Hund und ohne Helm gehe ich durch die Fußgängerzone. Die Hände in den Jackentaschen, beide Fäuste geballt. Meine Haare fliegen im kalten Wind, meine Kiefer sind zusammengepresst. Ich gehe direkt zum Fotofachgeschäft Montijn.

Ich öffne die Tür und trete über die Schwelle. Zum allerersten Mal gehe ich wieder hinein. Und dann bleibe ich stehen. Nicht nur meine Mutter steht hinter der Ladentheke – mein Vater ist auch da. Dort stehen sie, beide nebeneinander. Über ihren Köpfen hängt das Poster in den grellen Farben: SO VERHALTEN SIE SICH BEI EINEM ÜBERFALL RICHTIG! Unsichtbar unter der Kasse wartet der rote Alarmknopf.

Ich fange an zu weinen.

Sofort rennen sie zu mir.

»Liebling, was ist los?« Meine Mutter nimmt mich in den Arm, ohne auf eine Antwort zu warten. Genau wie Alaska, die anfängt Svens Hand zu lecken, während er noch ganz durcheinander ist.

»Ich habe ihn gesehen!« Ich weine in der Dunkelheit ihrer Arme. »Den Mann! Den Mann mit der Pistole ...«

Ich hatte ja keine Ahnung, dass mein Vater auch hier sein würde. Ich dachte, er säße noch immer zu Hause vor dem Computer. Ich wollte es erst alles meiner Mutter erzählen, und dann hätten wir darüber nachdenken können, ob Papa es wohl wissen sollte. Aber jetzt bekommen sie zusammen die ganze Geschichte zu hören. Dass ich die Sneakers mit den roten Flammen erkannt habe. Dass Sven die Polizei für mich angerufen hat, die aber nicht helfen wollte. Und dass dann Sven gekommen ist, zusammen mit Alaska.

Ja, mit Alaska. Ich erzähle, dass ich sie wiedergesehen habe. Dass es keinen besseren Assistenzhund gibt als sie. Wir hatten ja keine Ahnung, was für ein Wunderhund acht Monate lang bei uns gewohnt hat.

»Ich habe versucht, Fotos zu machen …« Mit zitternden Händen scrolle ich durch die unscharfen Bilder. »Aber dann hatte Sven einen epileptischen Anfall und wir haben den Mann entwischen lassen.« Ich sehe meine Mutter an. »Er läuft also noch immer hier herum. Gerade, vor einer halben Stunde erst, ist er in diese Richtung gelaufen. Vielleicht ist er sogar am Laden vorbeigegangen …«

Ich traue mich nicht, meinen Vater anzusehen. Er hat mir das Telefon aus der Hand genommen und schaut sich immer wieder die unscharfen Fotos an.

»Warum hast du mich nicht angerufen?«, fragt meine Mutter. Ihr Blick ist sehr ernst. »Oder mir geschrieben, wenn du nicht anrufen konntest?«

Ich antworte nicht.

Ich wollte mutig sein. Meine Eltern haben genügend Filme für über Vierzigjährige gesehen. Ich wollte es allein schaffen, aber es ist schiefgegangen. Und jetzt wissen wir also, dass dieser Mann mit dem unbekannten Gesicht und den schwarzen Sneakers noch immer hier herumläuft. Man kann ein Geschäft überfallen und auf jemanden schießen und danach in aller Seelenruhe einen Spaziergang entlang der Geranienkübel machen. »Dieser Kerl …« Mein Vater überlegt kurz. »Du hast gesagt, er hätte ein Handy dabeigehabt? Und dass du gesehen hast, wie er telefoniert hat?«

Ich nicke und wische mir mit dem Handrücken über die Nase.

»Und dein Handy war also auch die ganze Zeit eingeschaltet?«

Wieder nicke ich.

»Und wie lange warst du in seiner Nähe? Kannst du das schätzen?«

»Bestimmt zwanzig Minuten. Manchmal ist er eine Weile stehen geblieben. Und dann ist er wieder weitergegangen.«

Ich schaue meinem Vater ins Gesicht. Seit dem Überfall waren seine Augen stumpf. Aber jetzt flackert da wieder etwas.

»Wir gehen sofort zur Polizei«, sagt er. Mein Handy hält er noch immer fest umklammert. »Wenn dein Telefon die ganze Zeit über eingeschaltet war, haben auch Sendemasten die ganze Zeit über deinen Standort erfasst. Wenn die Polizei diese Angaben jetzt vergleicht mit den Angaben von allen anderen Telefonen in deiner Nähe … Dann können sie vielleicht feststellen, welches Handy du die ganze Zeit verfolgt hast.«

Mama und ich starren ihn an. So ist er: mein Vater von früher. Er hat selbst Kameras zusammengebaut und wenn wir uns alle gemeinsam einen Krimi angeschaut haben, wusste er schon nach zehn Minuten, wer der Täter war.

Auf der Polizeiwache ist alles blau und weiß. Dort laufen Polizisten herum, die wissen, wie es ist, immer eine Pistole auf der Hüfte zu tragen, es riecht nach Kaffee, und auf der anderen Seite des Gebäudes sind die Zellen. Während wir auf den Ermittler warten, lausche ich. Vielleicht kann ich sie ja hören: Verbrecher, die an die Wände ihrer Zellen schlagen.

In Gedanken wiederhole ich, was ich gleich erzählen muss. Von den Schuhen. Und von der Verfolgung. Und von den Handys. Natürlich braucht die Polizei nicht alles über Sven und Alaska zu erfahren, aber ich muss trotzdem die ganze Zeit an sie denken. Noch immer spüre ich Svens Arm um meine Schultern. Ich höre seine Worte in meinem Ohr.

Ich bin ein Freak, hast du das vergessen? Ich falle nicht auf, wenn ich schreie.

Er glaubt, der Verrückteste von allen zu sein. Das kann ich schon verstehen. Am allerersten Schultag war ihm nichts Tolles eingefallen, da hatte er nur sein Gespensterlachen. Und eine Woche später ist sein Folterfilm durch die halbe Stadt geschickt worden. Ich habe ihm gesagt, dass wir alle verrückt sind. Und dass sein Anfall schnell wieder vergessen wird. Aber ich habe mich wohl getäuscht, denn es sind noch keine neuen Filme rumgeschickt worden. Sven ist noch immer der einzige Alien in der gesamten Schule.

Plötzlich habe ich eine Idee.

Ich habe keine Ahnung, ob es für Sven etwas ändert. Aber ich kann nicht vergessen, was er für mich getan hat: Er ist zu mir gekommen, zusammen mit Alaska. Er wusste, dass ich einen Verbrecher verfolge, die Polizei hat ihn abblitzen lassen, er durfte eigentlich überhaupt nicht Rad fahren und wir hatten Streit. Und trotzdem ist er gekommen.

Ich schaue kurz zur Seite. Ganz aufrecht sitzt mein Vater neben mir. Wenn man es nicht weiß, könnte man nicht sagen, in welcher Schulter die Kugel gesteckt hat. Wortlos greife ich nach meinem Handy und suche Benjamins Nummer. Ich wollte, ich hätte einen Einpersonenplan, etwas, das ich ganz allein machen kann. Aber das ist unmöglich. Alle aus der 7b, die mich seit schon zwei Wochen auslachen, müssen helfen.

Ich habe noch nie ein Wort mit Benjamin gesprochen und bis vor drei Minuten hatte ich das auch nicht vor. Aber alle finden ihn witzig und er ist mit Sven befreundet. Wenn ich will, dass die gesamte Klasse mitmacht, fange ich am besten bei Benjamin an.

Hallo, tippe ich. Meine Finger zögern. Er wird total erstaunt sein, wenn ich ihm plötzlich eine WhatsApp schicke. *Kann ich dich mal was fragen?*

Ich starre auf mein Display. Benjamin ist sofort online.

Hey, Barker!

Schon wieder der Holzpflock. Meine ganze Klasse besteht nur aus Ekelpaketen. Am liebsten würde ich mein Handy auf den Boden schmeißen, aber das tue ich nicht. Wenn ich mit meinem Plan weitermache, werden sie mich sogar noch öfter Barker nennen. Denn genau darum geht es: dass wir alle bellende Aliens sind. Jeder Einzelne von uns.

Benjamin tippt wieder.

LOL, sorry :-) Aber stimmt es wirklich??

Dass du in einem Park geboren bist?

Ich beiße mir auf die Lippen.

Nein, ganz normal zu Hause.
Aber meine Eltern fanden Bett so einen öden Namen.

Eine Weile passiert nichts. Und dann antwortet er wieder:
Hahaha!
Haha!
Meinen Eltern gefiel Krankenhaus auch nicht.
Also ... was gibts?

Ich will dich was fragen.
Es geht um Sven.

Erzähl.

Ich habe einen Plan,
aber es geht nicht allein ...

Sven

WIR ESSEN QUINOASALAT mit gegrilltem Kürbis, Alaska bekommt ein Steak.

Für das Steak ist meine Mutter extra zum Metzger gefahren. Während sie weg war, habe ich Alaska gebürstet.

Smartphones am Tisch sind streng verboten, aber plötzlich macht das Telefon meines Vaters ein extrawichtiges Geräusch. Während er seine Mails checkt, schaue ich auch schnell nach.

In der WhatsApp-Gruppe der 7b gibt es eine neue Nachricht.

Es ist zwar nicht mehr meine Klasse, aber Ziva hat mich noch nicht aus der Gruppe gelöscht und ich auch noch nicht. Schon fünfmal hing ich mit dem Daumen über Gruppe verlassen. Aber auf diese Wörter zu klicken fühlte sich noch schlimmer an, als von der Schule zu gehen.

Ich öffne die Nachricht. Ein Film und darunter in Riesenbuchstaben: DIE 7B IST DIE COOLSTE KLASSE DER SCHULE! *Am Montag habt ihr Sven kennengelernt, jetzt stellen wir euch Parker vor. Check this out und schickt es weiter!!!*

Ich klicke auf den Film und verschlucke mich fast an einem Kürbisstück.

Da sitzt Parker. Vor dem Computer, auf dem Schoß einen

wuscheligen, schneeweißen kleinen Hund. Hinter ihr steht ein Weihnachtsbaum und durch den Raum schallt Jingle Bells.

Parker und der Welpe bellen mit, was das Zeug hält. Die Hälfte der Zeit sind sie viel zu schnell und sie lassen sich zusätzliche Noten einfallen. Aber wenn sich jemand je gefragt hat, wie ein rundum glücklicher Welpe aussieht – na ja, so also.

Letzte Woche hätte ich das noch wütend weggeklickt. Auf keinen Fall hätte ich sehen wollen, wie schön mein Secondhand-Hund da mit Parker sitzt und singt.

Aber jetzt ist Alaska mein Hund. Der einzige, der einen Anfall vorhersagen kann. Und wie idiotisch es auch sein mag – ich schmelze beim Anblick dieses Kläffers da auf dem Bildschirm dahin.

Im Ernst, so sah Alaska also als Baby aus. Die andere Hälfte meines Superteams, mit weicher Schnauze und schneeweißen Plüschdaunen statt Fell.

Ich stelle den Ton meines Handys, so laut es geht.

»Wir essen noch!«, ruft meine Mutter ungehalten.

Aber dann sieht sie Alaska. Die echte, nicht den Wattebausch auf dem Bildschirm. Die kommt jetzt angetänzelt, schmatzt noch ein wenig von dem Steak, schiebt die Schnauze gegen mein Handy und fängt aufgeregt an, mitzubellen.

Ich spiele den Film noch einmal ab und schaue von dem Welpen auf dem Bildschirm zu dem großen Assistenzhund neben mir.

Und ja, ein wenig schaue ich mir auch Parker an.

Ich kenne sie nur als Biwakmädchen. Mit dreieckigen

Löchern für die Augen und nervösen Händen. Aber in dem Film trägt sie einen roten Pulli mit Rentieren. Und ihr Gesicht strahlt. Genau wie heute Nachmittag, als sie Alaska und mich gesehen hat.

»Das ist ja Parker!«, ruft meine Mutter erstaunt. Sie beugt sich über meine Schulter. »Und ist das … Alaska?«

Stumm sehe ich mir den Film an. Immer wieder.

Der zweite Film kommt, als ich abends vor dem Fernseher sitze.

DIE 7B IST NOCH IMMER DIE COOLSTE KLASSE DER SCHULE! *Benjamin ist mindestens genauso verrückt wie Sven und Parker. Check this out und schickt es weiter!!!*

Eine sonnige Wiese voller Gänseblümchen. Benjamin ist halb so groß wie jetzt und trägt ein rosa Prinzessinnenkleidchen. Er tanzt um einen Kreis aus lauter Kuscheltieren. Jedes Tier hat eine Tasse Tee und eine Scheibe Kuchen mit Smarties vor der Nase.

»Guck mal, Mama!«, ruft Benjamin in die Kamera. »Tereza hat ihren Tee schon auf! Gleich packen wir Geschenke aus und jetzt singen wir für Kroka …«

Mein Kopf dröhnt noch immer von dem Anfall und meine Muskeln sind steif. Aber ich kann nicht anders: Ich fange total laut an zu lachen.

Der dritte Film kommt eine Viertelstunde später. Claire spielt ein Game und flucht dabei so fürchterlich, dass ich den Ton auf meinem Handy blitzschnell leiser schalte.

Drei Minuten später sehe ich Ziva vor dem Spiegel stehen.

Auf der Stirn hat sie einen Megapickel und kreischt hysterisch, dass sie so echt auf gar keinen Fall zur Schule kann.

Als Nächstes kommt Sol, von Kopf bis Fuß in Orange, sogar sein Gesicht hat er angemalt. Er heult und tobt vor dem Fernseher, weil Holland sich nicht für die EM qualifiziert hat.

»Mann«, ruft eine Stimme im Hintergrund, »nimm es einfach hin. Sie haben echt sauschlecht gespielt!«

Sol fängt nur noch lauter an zu heulen.

Bei jedem Film nennen sie meinen Namen, so als würde ich noch immer in die 7b gehen. Als würde ich immer noch dazugehören.

Ich lese alle Kommentare, aber ich schreibe nichts.

Zwischendurch, wenn gerade nichts Neues reinkommt, sehe ich mir immer wieder Parkers Film an. Ohne Ton. Ich schaue mir ihr Gesicht ohne Biwakmütze an. Ihre Augen, ihre Nase, ihren Mund.

Heute Nachmittag hätten wir den Mann mit der Pistole fast gestellt. Aber als Alaska anfing zu jaulen, hat Parker keine Sekunde gezögert. Sie hat den Mann mit den Flammen in den Sohlen einfach gehen lassen. Sie ist bei mir geblieben.

Wenn das Biwakmädchen ein Hund wäre, würde sie von mir zehn Steaks bekommen.

PARKER

DIE FILME kommen jetzt immer schneller hintereinander. Ich hatte ja keine Ahnung, dass meine Klasse dermaßen verrückt ist. Ich sitze auf dem Fußboden im Wohnzimmer, gleich neben der Steckdose, denn mein Telefon will die ganze Zeit aufgeladen werden. Nach jedem Film schreiben wir natürlich alle Kommentare. Aber dieses Mal geht es nicht darum, schön und normal und perfekt zu sein. Nein, heute Abend tanzt die ganze 7b auf dem Mars.

Sven hat als Einziger noch nicht reagiert. Findet er es die dämlichste Aktion, die er je erlebt hat, einen blöden Gag? Oder ist ihm einfach egal, was wir machen?

»Alles in Ordnung bei dir da unten?«, fragt meine Mutter.

»Ja …« Ich sehe meine Eltern an und zum ersten Mal seit sehr vielen Wochen habe ich dabei nicht das Gefühl, dass etwas von mir abbröckelt.

»Alles in Ordnung bei euch da oben?«, frage ich.

Sie nicken gleichzeitig. Sie sitzen zusammen auf dem Sofa, trinken Wein und haben gesagt, wir dürften heute Abend ins Bett gehen, wann wir wollen. Wenn wir nur aufhören, zu marschieren oder Kommandos zu brüllen. Marschieren ist seit heute Nachmittag ersatzlos gestrichen. Ich lasse mein Handy kurz im Stich, um mir mehr Chips zu holen. Meine Brüder hocken schon seit mindestens einer Stunde unter dem Küchentisch. Flüsternd halten sie eine Besprechung ab.

»... im Garten begraben«, höre ich Finn sagen.

»Das Badezimmer ist unsere neue Basis«, flüstert Dex.

»Und dann sind die Klopapierrollen lauter Bomben«, ruft Joey aufgeregt.

Da wird eine geheime Widerstandsarmee gegründet, so viel ist klar. Ich schiebe den Rest der Chipstüte mit dem Fuß unter den Tisch, tue, als hätte ich nichts gehört, und renne zurück ins Wohnzimmer.

Heute Nachmittag auf der Polizeiwache war mein Vater kein zusammengeknülltes Papierknäuel. Mit entschiedener Stimme hat er dem Ermittler erzählt, dass ich den Verdächtigen mindestens zwanzig Minuten lang verfolgt habe und unsere Handys also mindestens zwanzig Minuten lang in unmittelbarer Nähe voneinander waren. Und dass er vermutet, die Polizei könne den Mann auf die Art ausfindig machen.

Ich hielt den Atem an, als der Ermittler eine ganze Weile keine Antwort gab.

»Wir dürfen Sendemastdaten nicht einfach so anfordern«, sagte er dann. »Dazu brauchen wir die Genehmigung der Staatsanwaltschaft. Aber in Anbetracht der Schwere des Delikts ... Ein bewaffneter Überfall, ernsthafte Verletzungen ...« Er nickte. »Ja, die Genehmigung bekommen wir. Und Sie haben recht. Anhand der Sendemastangaben können wir feststellen, welches Telefon sich in der Zeit in der Nähe des Telefons Ihrer Tochter befand.«

»Und wenn Sie wissen, welches Telefon es war«, fragte ich, »können Sie den Mann dann finden? Und ihn verhaften? Und seine DNA mit der DNA in der Biwakmütze vergleichen? Und ihn dann ins Gefängnis werfen?«

»Immer mit der Ruhe«, sagte der Ermittler, »dann kommt erst noch eine Gerichtsverhandlung. Der Verdächtige bekommt einen Anwalt, aber wenn er schuldig ist, entscheidet der Richter schließlich über das Strafmaß.«

»Und dann wird dieser Mistkerl ins Gefängnis geworfen!«

Der Ermittler grinste kurz. Und dann nickte er entschlossen. »Ja, so wird es wohl enden.«

Sven

ES IST SAMSTAGMORGEN und ich sitze schon seit mindestens einer Viertelstunde hier und habe keine Ahnung, was ich tun soll. Oder besser gesagt: Ich denke schon die ganze Nacht darüber nach.

Soll ich? Soll ich nicht?

Ich fühle mich so, wie Alaska als Welpe aussah. Neu. Seltsam. Als würde ich meine eigenen Pfoten nicht kennen.

Als wollte ich am liebsten ein Weihnachtslied bellen.

Endlich mache ich es. Ich rufe Parker an.

»Hallo«, sagt die Stimme des Biwakmädchens am anderen Ende.

»Ich bins«, sage ich.

Sie sagt nichts.

»Hier ist Sven, meine ich.«

»Ja, ich weiß! Ist dein Rücken noch nass?«

»Was? Mein Rücken?«

Dieses Gespräch läuft wirklich überhaupt nicht, wie es sollte. Am liebsten würde ich sofort wieder auflegen.

»Das war gestern, als du ...« Sie hält inne. »Lass nur. Es ist egal.«

Ich höre an ihrer Stimme, dass sie das Ganze genauso schräg findet wie ich. Warum habe ich ihr nicht einfach eine

Nachricht geschrieben? Telefonieren tut man mit seiner Oma.

Aber wenn ich jetzt plötzlich auflege, kapiert sie überhaupt nichts mehr.

»Diese Filme …« Ich räuspere mich. »Ich weiß, dass es deine Idee war, sie rumzuschicken. Der von Benjamin ist echt total cool.«

Sie fängt an zu lachen. »Dieses rosa Kleidchen! Und der Kuchen, mit den Smarties!«

»Ja«, sage ich.

Neben mir auf dem Sofa liegt Alaska. Den Kopf gegen mein Bein gedrückt, die Pfoten ausgestreckt.

»Und?«, fragt Parker. »Kommst du jetzt wieder zurück?«

Ich höre es an ihrer Stimme. Sie hofft, dass ich zurückkomme.

In meinem Kopf rast alles durcheinander, aber Alaska bleibt reglos liegen. Ich bekomme also keinen Anfall.

Das hier ist normal. Das ist der Kurzschluss, der dazu gehört

»Die Filme sind echt cool«, sage ich. »Aber Benjamin hat sein Prinzessinnenkleidchen längst wieder ausgezogen. Und du kannst jederzeit aufhören zu bellen. Nur ich werde immer auf dem Mars leben, hast du das schon vergessen?«

»Aber Alaska lebt jetzt auch dort! Sie warnt dich doch, bevor es schiefgeht?«

»Ja, wenn ich Hausaufgaben mache. Oder die Straße überquere. Aber ich rede von der Schule. Da ist sie nicht.«

Einen Moment lang ist Parker still.

»Warum nimmst du sie nicht einfach mit?«, fragt sie dann. »Zur Schule, meine ich.«

Das Rasen in meinem Kopf ist jetzt ohrenbetäubend.

Ich schaue wieder zu Alaska. Mit geschlossenen Augen zieht sie die Vorderpfoten rauf bis zu ihrer Schnauze. Sie sieht aus, als würde sie sich auf etwas freuen.

»Sven!«, ruft Parker. Ihre Stimme klingt nicht mehr wie die des Biwakmädchens. Die Stimme des Biwakmädchens klang nie so ausgelassen. »Das ist es – Alaska muss einfach mit zur Schule! Den ganzen Tag über, meine ich. Dann kann sie dich immer warnen.«

»Als ob das ginge«, sage ich. »Kannst du dir das vorstellen, ein Hund in der Schule? Ein Hund, der jede Stunde das Klassenzimmer wechselt?«

»Aber sie ist ein Assistenzhund. Sie darf doch auch mit in Restaurants und Flugzeuge? In der Schule muss sie natürlich ihre Decke tragen. Sie arbeitet dort, genau wie die Lehrer. Lehrer dürfen doch auch in die Klassenzimmer? Und durch die Gänge laufen, oder?«

Ich sage nichts.

No way, darüber werde ich nicht nachdenken. Ich habe die Nase voll von all den Enttäuschungen. Von den Medikamenten, die nichts bringen. Von den Operationen, die doch nicht stattfinden. Von den EEGs, auf denen sie überhaupt nichts finden können.

»Oder habt ihr schon gefragt?« Parker klingt plötzlich besorgt. »Hat der Schulleiter schon gesagt, dass Alaska nicht mitdarf?«

»Nein, das nicht ...«

Als Alaska noch nichts vorhersagen konnte, brauchte ich sie in der Schule auch noch nicht. Zu Hause drückte sie immer den Alarmknopf, aber in der Schule liefen genug Idioten herum, die den Notarzt anrufen konnten, wenn ich mal wieder auf den Fußboden geknallt war.

Aber Parker hat recht. Jetzt ist alles anders.

Plötzlich ist Alaska nicht mehr nur dazu da, den Alarmknopf zu drücken. Jetzt kann sie mich warnen, bevor ich falle und mir sämtliche Knochen breche. Und das könnte sie auch in der Schule tun …

»Ich verspreche, dass ich sie nicht ablenke«, sagt Parker außer Atem. »Gestern hat sie einen Anfall vorhergesehen, während ich dabei war – sie kann es also! Und in der Nacht da draußen auf dem Feld hat sie sich für dich entschieden. Sie weiß, dass sie dein Hund ist. Aber stell dir nur vor …«

Sie ist kurz still.

»Stell dir vor, dass Alaska immer mitkommt zur Schule. Dass sie jeden Tag unter deinem Tisch liegt. Bei uns in der Klasse. Dass sie da ist.«

Ich kann nichts dagegen tun. Plötzlich sehe ich es genau vor mir.

Wie Alaska neben mir durch die Gänge läuft, die gelbe Decke auf ihrem weißen Rücken. Wie sie unter meinem Tisch liegt und schläft, während ich Klassenarbeiten schreibe, in Französisch Baguettes kaufe oder etwas über das Leben der Römer lerne.

Und wie sie dann manchmal die Schnauze gegen mein Bein drückt und unruhig anfängt zu jaulen. Dann weiß ich, was los ist und kann mich irgendwo hinlegen. Irgendwo in der Schule, wo es keine Idioten gibt, die mit offenem Mund Zirkus-Sven angaffen und mit ihrem Handy filmen. Keine Trottel, die sofort einen Krankenwagen rufen.

Irgendwo in diesem riesigen Gebäude, irgendwo, wo nur das haarige Monster neben mir ist. Und vielleicht, wenn sie gerade nichts anderes zu tun hat, auch Parker.

PARKER

ES IST MONTAGMORGEN, die Sonne scheint. Manche Ampeln sind grün, andere rot. Als ich kurz vor der Schule wieder an dem Mann mit dem Hund vorbeifahre, winken wir beide. Wir haben noch nie miteinander gesprochen, aber das ist egal. Er gehört jetzt zu meinem Schulweg. Und ich gehöre zu seinem Morgenspaziergang.

Ich stelle mein Rad in den Fahrradständer, aber ich gehe noch nicht ins Schulgebäude. Ich schiebe die Hände in die Taschen meiner himmelblauen Jacke und warte.

Jeden Moment kann es schiefgehen, das weiß ich. Überall gibt es Verbrecher und wenn man einen von ihnen ins Gefängnis steckt, sind noch immer genügend übrig. Ich verstehe noch immer nicht, wie Menschen ruhig leben können, ohne einen Alarmknopf in der Nähe zu haben.

Aber vergangene Nacht dachte ich plötzlich: Okay. Jeden Moment kann alles Mögliche passieren. Man weiß nie, was man erlebt. Man kann angeschossen werden, man kann steif wie ein Brett auf den Boden knallen, man kann sich lächerlich machen, weil man in der allerersten Schulstunde anfängt zu bellen.

Aber man kann auch Alaska wiederfinden.

Man kann Sven kennenlernen.

Und man kann feststellen, dass mehr Menschen auf dem Mars leben, als man dachte.

Endlich kommen sie durchs Schultor. Sven und Alaska.

Sie trägt ihre knallgelbe Decke, seine blonden Haare glänzen in der Sonne. Er kann immer noch jederzeit und überall einen Anfall bekommen, aber er wird jetzt nicht mehr davon überrascht. Alaska warnt ihn rechtzeitig, also wird er nicht mehr plötzlich auf den Boden knallen. Er wird sich nicht mehr die Hand verstauchen oder eine Gehirnerschütterung bekommen.

Gestern waren sie beim Schulleiter. Sven, seine Eltern und Alaska. Um zu erklären, dass Alaska kein normaler Hund ist. Vorher hatten wir uns tausend Sachen überlegt, die sie dem Schulleiter sagen könnten. Dass Alaska zwar atmet und mit dem Schwanz wedelt und sogar mit ihrem schwarzen Maul lachen kann, aber dass sie trotzdem wie ein Rollstuhl betrachtet werden muss. Und wenn ein Schüler, der nicht gehen kann, im Rollstuhl durch die Schule fahren darf – na ja, dann darf Sven doch bestimmt auch einen Assistenzhund haben?

Aber die tausend Sachen waren gar nicht nötig. Der Schulleiter war sofort einverstanden.

Jeden Moment kann alles Mögliche passieren. Man kann auf eine neue Schule kommen, in der man niemanden kennt. Und dann in einer Klasse mit siebenundzwanzig anderen Kindern landen und dem liebsten Hund der Welt.

Draußen auf dem Schulhof darf Alaska mich noch schwanzwedelnd begrüßen, danach ignorieren wir uns. Heute Nachmittag gehen wir in den Wald. Dann kommt ihre Decke ab und sie hat frei. Aber jetzt trägt sie ihre Uniform und dann ist sie bei der Arbeit.

Sven und ich sehen uns an. Er streicht sich eine Haarsträhne aus der Stirn, ich stecke die Hände in meine Jackentaschen. Überall auf der Welt springen Ampeln auf Rot. Und dann wieder auf Grün.

»Ähm …«, sagt er. »Haben wir in der Schule eigentlich schon mal miteinander geredet? Ohne Helm und Biwakmütze?«

Ich denke nach. Und dann nicke ich.

»Am allerersten Tag, in der Pausenhalle. Als du an mir vorbeigegangen bist und Jingle Bells gesummt hast.«

»Oh, stimmt.« Er schaut auf den Boden, und dann wieder zu mir. »Vermisst du deine Biwakmütze?«

»Nein. Vermisst du deinen Helm?«

Wir fangen gleichzeitig an zu lachen. Und dann gehen wir rein. Zu dritt. Alaska läuft zwischen uns. Ich fühle mich, als würde ich mich alles trauen, und ich weiß sicher, dass es Sven genauso geht. Wir kommen in die Pausenhalle mit den schwarz-weißen Fliesen und die Riesen hören plötzlich auf herumzuschreien.

»Sieh mal«, flüstere ich. »Sie kennen uns. Die ganze Schule weiß, wer wir sind.«

Sven grinst. »Und jetzt? Retten wir jetzt die Welt?«

»Erst haben wir Französisch«, sage ich. »Aber wer weiß. Vielleicht danach.«

Anna Woltz wurde 1981 in London geboren und wuchs in Den Haag auf. Sie studierte Geschichte in Leiden und arbeitet seither als Autorin und Journalistin. Ihre Bücher sind bereits vielfach ausgezeichnet worden, u. a. mit dem katholischen Kinder- und Jugendbuchpreis, dem Luchs des Monats, dem silbernen und goldenen Griffel. ›Für immer Alaska‹ ist bereits ihr viertes Buch bei Carlsen.

Andrea Kluitmann, geboren 1966, studierte Germanistik und Niederlandistik in Bochum und Amsterdam. Sie lebt und arbeitet heute in Amsterdam. Seit 1992 übersetzt sie Literatur, Graphic Novels, Drehbücher und Sachtexte aus dem Niederländischen. Sie gibt auch Workshops und hält Vorträge. Anna Woltz ist eine ihrer Lieblingsautorinnen.